[美] 桑顿·W. 伯吉斯 / 著
周亚平 / 译

·西风妈妈和小动物

老松鸡的雪地靴

人民东方出版传媒
東方出版社

图书在版编目（CIP）数据

老松鸡的雪地靴 /（美）伯吉斯著；周亚平译. — 北京：东方出版社，2015
（西风妈妈和小动物们的故事）
ISBN 978-7-5060-8368-3

Ⅰ. ①老… Ⅱ. ①伯… ②周… Ⅲ. ①儿童文学—长篇小说—美国—现代 Ⅳ. ①I712.84

中国版本图书馆CIP数据核字(2015)第183032号

老松鸡的雪地靴
（LAOSONGJI DE XUEDIXUE）
［美］桑顿 · W. 伯吉斯 著 周亚平 译

策划编辑：李 斌
责任编辑：鲁艳芳 刘小兰
出 版：東方出版社
发 行：人民东方出版传媒有限公司
地 址：北京市东城区朝阳门内大街192号
邮政编码：100010
印 刷：日照教科印刷有限公司
版 次：2015年9月第1版
印 次：2019年5月第3次印刷
开 本：880毫米 × 1230毫米 1/32
印 张：4.625
字 数：68千字
书 号：ISBN 978-7-5060-8368-3
定 价：19.80元

致小读者

亲爱的小朋友们：

当你们翻开这套精美的童话书——《西风妈妈和小动物们的故事》，就会被一个个有趣的故事、可爱的小动物深深吸引，喜欢上格林森林里或格林牧场上的这些小精灵们，并和他们交上朋友。

你们会认识兔子彼得，他可是个活泼可爱、热心善良、无忧无虑的乐天派，每天都和居住在格林森林里或格林牧场上的小伙伴们快乐地生活着；他又是个爱观察、爱思考、好奇心很强的小家伙，一发现有趣的事情就跑到微笑池塘或哈哈溪，找青蛙老爷爷讲很久很久以前的故事，有时还会缠着其他小伙伴调皮又任性地玩耍……总之，和兔子彼得做朋友，与青蛙老爷爷、水貂比利、小水獭乔、麝鼠杰里、土拨鼠约翰尼、浣熊博比、松鸦塞米等小动物为伴，你们的生活也会变得多姿多彩，每天都有神奇的故事发生……

瞧，西风妈妈的孩子们——那些快乐的小微风又忙碌又开心，青蛙老爷爷的大嘴巴总是张得那么大，兔子彼得一不留神就被捉弄了，好一个爱吃甲壳虫的臭鼬吉米。咦？松鸡太太的蛋哪儿去了？猫头鹰老先生的眼睛怎么就固定不动了？鼬鼠沙道是不是比狐狸雷迪还让人讨厌？原来凶猛的山猫塔夫蒂也和兔子彼得一样有个那么短的尾巴……

德国著名作家席勒说过：“更深刻的意义蕴藏于我童年时听来的童话故事，而不是生活教我的真理。”美国“睡前动物童话大师”伯吉斯在热爱小动物、保护大自然的宗旨下，创作了一系列“西风妈妈和小动物们”的故事，每个故事都以一个小动物为主人公，通过描写他与其他小动物在日常生活中发生的一些有趣的、惊险的、神秘的事，告诉小朋友们正义总能战胜邪恶，美好定会战胜丑恶。

这套《西风妈妈和小动物们的故事》丛书在我国可是首次翻译出版，献给成长中的小朋友们，希望你们喜欢，并在愉快阅读时，能够展开丰富的想象力，慢慢领悟趣味故事中的道理和意义，学会思考和解决问题。同时，也希望你们和小动物们做朋友，向小动物们学习他们勇敢、善良和智慧的品质。让大家从童年起，就能够爱护自然，保护环境，为这些可爱、纯真却又时刻面临各种威胁的小动物们营造一个美好的家园而努力！

热爱你们的大朋友

2015年7月

目 录

第一章　蓝鸲先生什么时候赢得了一件漂亮的外套

对于兔子彼得和我们其他人来说，一年之中最悦耳动听、最令人喜爱的声音，就是春天里蓝鸲温瑟姆的叫声了。每次兔子彼得听到这个声音，总会跳起来，两只脚踢碰在一起，高兴得手舞足蹈。因为他知道，蓝鸲温瑟姆是可爱的春姑娘的传令官，春姑娘马上就要来了。寒冷和令人悲伤的日子就要结束了，快乐的时光即将来临。当彼得听到这个甜美悦耳的声音时，他很高兴。可彼得有时很难判定这个声音具体来自哪个方向，感觉它好像无处不在似的。

所以，彼得非常喜爱蓝鸲温瑟姆，怎么看他也看不厌。你瞧，温瑟姆穿着一件非常非常漂亮的蓝色外套。那种蓝色就是天空有时呈现出的浅蓝色。每当天空出现那种

蓝色的时候，你都想仰面躺在地上，看着蓝天，任由你的思绪自由地翱翔。

对彼得来说，温瑟姆的外套似乎是他所见过的最漂亮的一件，事实上也确实如此。拥有如此迷人的声音，又给大家带来如此美好的消息的一个人，本人也一定很帅气。那天，当彼得前往微笑池塘，去拜访青蛙老爷爷的时候，青蛙老爷爷也是这样说的。

“咳咳！当然啦，那必须是！”青蛙老爷爷回答道，“蓝鸲温瑟姆本性善良。他那漂亮的外套是大自然母亲给予他的奖励。自打他的祖先勇敢地担当了春姑娘的传令官那天起，蓝色外套就一直存在于他们家族了。”

“噢，青蛙老爷爷，那听起来像一个故事。”彼得喊道，“请您，请您给我讲一讲吧，因为我喜欢蓝鸲温瑟姆。并且我知道，我越了解他，就会越喜欢他。他的祖先一定做了什么特别好的事，才赢得了如此漂亮的外套。”

“他确实做了。”青蛙老爷爷回答道，“在没有人想当春姑娘的传令官的时候，他不惧寒冷和困难，自愿当春姑娘的传令官，把令人开心的好消息带到了亟须的地方。”

“快点，快点告诉我发生了什么。”彼得乞求道。

青蛙老爷爷沉思了几分钟，彼得焦急地等待着。然后，青蛙老爷爷清了清嗓子。“好吧，”他说道，“因为你也应该知道这个故事。所有人都应该知道这个故事，温瑟姆自己是绝不会讲述这个故事的。他太谦虚了，他是不会讲的。这件事发生在很久很久之前，这个世界才刚刚形成。蓝鸲先生是所有鸟儿中最温和最谦逊的鸟儿之一。他穿着一件朴素的灰色外套，根本没有人注意到他。事实上，他连一个名字都没有。他从来不与他的邻居争吵。他也从来不嫉妒那些鸟儿，尽管他们拥有大自然母亲所给予的漂亮外套。或许他曾嫉妒过，但从未表现出来。他只关心自己的事，并且尽自己最大努力做好大千世界中自己的分内工作。因为即使在大千世界刚刚形成之时，每个人仍有自己的工作要做。

“大自然母亲一直忙于把大千世界打造成一个适于大家居住的地方，她一旦创造了一种新的鸟儿或动物，就会留下他们自己照顾自己，并且让他们彼此尽力地融洽相处。其中那些过于懒惰或者过于愚笨，无法照顾自己的就会消失，那些有能力生存下去的就会取代他们。蓝鸲先生既不懒惰也不愚笨，他很快就学会了如何照顾自己，同时还学会了如何与他的邻居们和睦相处。

“当鸟类刚开始居住的地方变得过于拥挤的时候，老鹰王率领他们飞往大自然母亲为他们准备的新地方。蓝鸲先生就是第一批追随他的鸟儿之一。新地方非常漂亮，面积很大，食物也很充足。但不久冰霜杰克带来了冰雪，把鸟儿们驱赶回了他们原来居住的地方。虽然那个地方非常拥挤，但鸟儿们决定还是要继续在那儿生活。稍后，大自然母亲回来了，她告诉他们，不久后冰霜杰克就会被赶离那个地方。届时可爱的春姑娘将会唤醒所有沉睡的植物和所有昏睡的昆虫，那个地方将会变得和之前一样漂亮，甚至比他们现在待的地方还要漂亮。她说她希望他们可以前往新地方，用他们的歌声使那儿成为一片乐土，在那儿建造他们的家园，帮助她阻止昆虫和蠕虫嗜食所有的绿色植物。

“‘不过，首先我需要一位传令官前往，去告诉那些挨过冰雪时期的居民，春姑娘就要来了。谁愿意当可爱的春姑娘的传令官呢？’大自然母亲问道。

“所有的鸟儿你看看我，我看看你，都吓得发抖，然后一个接着一个地溜走了。蓝鸲先生一直谦逊地等待着，等着他那些强壮的邻居主动请愿，前往冰封的新陆地，去传达令人高兴的好消息。当他看到他们一个一个地溜走了的时候，他为他们感到羞愧。他飞到大自然母亲面前，恭敬地点了点头，说道：‘我去。’

“大自然母亲笑了，因为和他的一些邻居相比，蓝鸲先生实在是太小了。‘你这么小能做些什么呢？’她问道，‘你到那儿会被冻死的，因为那儿依然非常冷。’

“‘如果您愿意的话，我可以试一试。’蓝鸲先生温顺地回答道，‘要是我发现自己无法胜任，我就立刻返回来。’

“‘那你想要什么奖励呢？’大自然母亲问道。

“春姑娘就要来了，传达这个令人高兴的好消息所带来的快乐，就是我想要的奖励。”蓝鸲先生回答道。

“他的回答令大自然母亲非常满意。于是，她当场就同意让蓝鸲先生作为春姑娘的传令官，并为他开启了一段漫长的旅程。那真是一段漫长又艰辛的旅程。虽然当时的蓝鸲先生的线路与今天的温瑟姆的路线相同，但蓝鸲先生的经历要比温瑟姆的经历艰辛得多。你要知道，对他来说，所有的一切都是未知的，并且那时非常冷，他无法适应严寒，有时看起来他好像真要冻死了一样。在那个时期，每当他停下来，冻得瑟瑟发抖之时，他就会想到可爱的春姑娘就在他身后不远处，他是她的传令官。这样一想他便又有了勇气，又更加勇敢地坚持下去。无论何时，每当他停下来休息时，他都会吹着口哨，传达春姑娘就要来了的消息。为了鼓励自己，他在飞着的时候有时也吹口哨，他发现这还真的能使自己鼓起勇气。为了保暖，在夜间他就钻到树洞里，然后他发现这个地方是那么的隐蔽、安全和舒适。他暗自下定决心，一旦时机成熟，他就要在树洞里筑巢。

“凡是他经过的地方，都会留下欢乐。春姑娘发现，当她到达北方时，森林里和牧场上所有的居民都急切地等待着她，因为他们已经听说了她要来的消息。她感到非常高兴。她告诉大自然母亲，她的传令官出色地完成了工作。当蓝鸲先生完成了自己的差事后，他建造了自己的家，并如之前一样温顺，与世无争。他不觉得自己做了什么非同寻常的事情。他只是发自内心地感到很快乐，因为他认为自己按照大自然母亲的要求完成了任务。除了尽自己最大努力把欢乐和希望带给别人而产生的满足感，他从来没有想过自己应该得到什么奖励。

“在秋天，当冰霜杰克从遥远的北方过来的时候，所有的鸟儿又回到了南方，当然，蓝鸲先生也跟着他们一起回来了。当下一个季节来临，春姑娘即将前往北方之时，大自然母亲召集了所有的鸟儿。这次，她没有问谁想传达消息，而是直接把蓝鸲先生叫到大家面前，问他是否想再次担当传令官。蓝鸲先生说，如果大自然母亲希望他继续当传令官的话，他很乐意。然后，大自然母亲告诉所有的鸟儿，蓝鸲先生是多么的勇敢，多么的忠实可靠。她的这番话使其他鸟儿都感到很惭愧，尤其是比蓝鸲先生要大要强壮的那些鸟儿。接着她说：‘蓝鸲温瑟姆，从今天起，这就是你的名字了。此时此刻，我任命你为春姑娘的传令官。此份荣誉将会在你的子孙后代中永远地传递下去。你应该成为所有的鸟类中最受爱戴的鸟儿之一。因为你是一名传令官，所以你应该有一件鲜艳的外套，所有的传令官都应该有一件这样的衣服。又因为你忠诚可靠，所以你的外套的颜色应该是蓝色的，并且应该像天空一样蓝。’

“她走到蓝鸲先生面前，摸了摸他，他那素净的灰色外套立马变成了最漂亮的蓝色。蓝鸲先生再一次开始了他漫长的旅途，他比之前更欢快地吹着口哨，传达着春姑娘要来的消息。因为他的口哨声给大家带来了欢乐，再加上他本人非常英俊，所以正如大自然母亲所预言的那样，他成为鸟类中最受大家爱戴的鸟儿之一，甚至他今天的子孙后代也是如此。”

彼得长长地舒了口气，说道：“谢谢您，青蛙老爷爷。我一直都很喜爱蓝鸲温瑟姆，现在我更喜爱他了。”

第二章　老地鼠先生第一次获得口袋是什么时候

兔子彼得有一个邻居，他总是能感觉到他的存在，却几乎从来没有见过他。不，不是鼹鼠迈纳，而是一个和鼹鼠的生活方式极为相似的家伙。兔子彼得离开蔷薇丛，常常走不了多远，他就会发现一小堆新土，这些新土让他困惑了好长一段时间。有时候在兔子彼得看来，这些新土像变魔术似的就出现了。兔子彼得会巡查一下格林牧场上的几个地方。但是，除了正在生长的绿色植物，再没有什么其他的东西了。当他原路返回时，又会发现有一两堆甚至五六堆新翻出来的泥土。

“只要这个地方有一堆那样子的新土，那就肯定会有一个洞。”当兔子彼得第一次注意到一个新翻出来的泥土堆时，他心里想道，“肯定有人在挖洞，这些就是被抛出来的新土。”

但是，当兔子彼得寻找洞穴时，却一个洞也没有发现。没有洞，这确实很令人费解，却是事实。他踢着那堆土，把它们全都踢开了，散得远远的，可依然没有发现洞穴的痕迹。稍后，他又开始踢另一堆小土堆，还是没有发现什么洞。看起来好像是有人带来了这堆新土，堆在格林牧场上，然后又离开了。当然没有人会这样做，兔子彼得也知道。他花了好长时间在思考，究竟是谁留下的新土。然后，有一天，当他蹦蹦跳跳穿过格林牧场的时候，他发现他正前方的地面正在动。这太奇怪了，彼得心里的第一个想法就是赶快逃跑。但是他觉得，在那个东西出来之前就跑掉，实在是太愚蠢了。所以他一动也不动地坐在那儿，盯着那个在地面上移动的点。泥土，松散的泥土，从下面冒了出来。彼得坐在那儿，惊讶得眼珠子几乎要掉下来，嘴巴大大地张着。那个土堆在不断地变大，直到变得和之前彼得经常感到困惑的那些土堆一样大小。突然，一个头从里面冒了出来，这个头长得不好看。只一刹那，就消失了。紧接着，那个洞就被填满了。

彼得能听到下面埋土的声音。当彼得回过神来再看时，已经没有洞穴的痕迹了。没有人会想到这儿曾经有一个洞。

那是彼得第一次见到小地鼠瓜比。从那以后，他见过瓜比几次，但是瓜比绝不能称为他的邻居。彼得从来都不觉得瓜比是自己的邻居，也不打算与他熟识起来。要不是那件事，彼得会一直认为，小地鼠瓜比是他所遇见的最为无趣的家伙。那就是彼得发现，小地鼠瓜比的脸颊上有两个口袋。那两个口袋是他所见过的最大的一对口袋了，而且，这两个口袋长在脸颊的外面，而不是像花栗鼠那样长在里面。当彼得有了这一发现，他又开始变得好奇起来。当然了，谁不好奇呢？彼得确信他们两个的口袋之间一定有着什么联系。不管怎样，他很好奇，小地鼠瓜比用那两个口袋做什么呢？他想知道，为什么它们长在脸颊的外面而不是里面？实际上，彼得好奇的地方还有很多。在强烈的好奇心驱使下，他开始问问题了。

“为什么小地鼠瓜比的双颊上有口袋呢？”他问臭鼬吉米。

“因为长在脸上比长在其他任何地方都更为方便些。”吉米的眼睛闪过一丝亮光，回答道，“今天早上你有没有看见肥肥的甲虫，彼得？”

“没有。”彼得快速答道。接着他就有了一个主意。“我有个主意，吉米。”他急切地说道，“如果你给我讲一讲瓜比那怪异的口袋的故事，以及他是如何得到它们的，我就帮你搜寻一些甲虫，这笔交易怎么样？”

臭鼬吉米若有所思地挠了挠鼻子，好像是在考虑怎样更好地讨价还价。然后他和善地笑了。你知道，吉米是世界上最为和善的小居民了。“好的，”他说道，“成交了。你负责你那一部分，我负责我这一部分。现在，我们从哪儿开始呢？”

“当然是从这个世界刚刚形成的时候开始啦。”彼得回答道，“在我看来，所有的好故事似乎都是从那个时候开始的。当然了，瓜比从他爸爸那里得到了口袋，他爸爸又从他的爸爸那里得到了口袋，所以我们可以直接跳回到第一位地鼠先生。我们就从他开始吧。”

“正如你所说的那样，”吉米回答道，“老地鼠先生，

也就是第一位地鼠先生，那时他还不算老，是大自然母亲放到大千世界中的小居民之一。那时大千世界才刚刚形成，所有小居民都被告知要尽力在那儿好好地生活下去。当然了，他们需要一些他们所没有的东西，但是首先他们要明白他们究竟需要什么。当大自然母亲空闲的时候，她就会考虑一下他们的需要是否合理，如果真的是需要，而不是出于欲望的话，她就会看看能做些什么来支持他们。

“所以地鼠先生开始在大千世界中努力地生活着。没过多久，他就发现，其他人都在做着相同的事情。很快他就明白了，要是所有的人都依赖同一种食物生活的话，世界上就没有足够的食物了。最强壮的生物将会得到所有的食物，这样一来，最弱小的生物就会饿死。没过多久，他就发现他的一些强壮的邻居看他的眼神，使他感觉非常不舒服。事实上，不管地鼠先生在什么时候遇见他们，他们看他时眼神都是那么饥饿，他们舔着嘴唇，样子是那么可怕，一阵寒意袭遍他的全身。他心想，与他们见面越少，他存活的可能性才会越大。

“地鼠先生还发现，每个人好像都有一些天赋。这个擅长攀爬，那个擅长跑步，另一个又擅长跳跃，再一个又擅长游泳。地鼠先生既不擅长爬，也不擅长跑；既不擅长跳，也不擅长游泳。他能做什么呢？不知怎么的，他感觉大自然母亲肯定给了他一些特殊的优势。那是什么呢？他坐下来开始研究自己。然后他第一次注意到了他的手有些不同。就他的体型而言，他的手显得又长又壮，每只手上的中间三个爪子又长又粗壮。除了用它们来打架，还能用它们做什么呢？挖洞！应该是这个样子的，他能挖洞。他试了下，果然，他挖洞的速度相当惊人。

“然后，他就有了一个新主意。他要给自己挖个洞，住进去。那将会使他避开他的那些强壮的邻居，避开他们饥饿的眼神和流着口水的嘴巴，所以他为自己挖了个洞。接着他发现，为了寻找食物，他必须要离开那个洞，这样看来，情况也没有比以前好多少。在他琢磨这个的时候，他开始挖隧道玩，因为他确实喜欢挖洞。不一会儿他挖到一个树根，他决定把它咬断，穿过它继续挖。当他开始咬那个树根的时候，他又有了一个发现，这一发现差点儿乐坏他。他发现那个树根很好吃，就把它全吃完了。然后他继续挖，希望能再挖到一个，他确实又发现了一个。然后，地鼠先生下定决心，以后他就住在地下，并且他感觉在那儿也会很安全。他要为自己打造一个舒适的房子，从此以后，只要他想寻找食物，就会随心所欲地挖隧道。

“所以，地鼠先生真的在地下造了一个舒适的房子，然后他就开始挖隧道寻找食物。每隔一段时间他都会露出地面，把挖地道弄出来的土推出来，然后再尽可能快地把洞口堵住，他就是用这种方式使他的隧道保持畅通，这样他就能在里面来回跑动了。他一直都舒服地生活着，直到有一天，他碰巧听到松鼠先生谈论说，冰霜杰克就要来了，还说他自己一点儿也不介意，因为他在自己的储藏室积攒了大量的食物。

“冰霜杰克就要来了，地鼠先生为此一直感到很烦心。‘松鼠先生的主意不错，我认为我也要这样做。’地鼠先生心想。但是，当他这样做的时候，他发现这是一份漫长又艰辛的工作。你瞧，他每次只能搬运一点儿东西，还要拖那么远，真是令人气馁。他已经忘记了大自然母亲，直到有一天，她突然出现在他面前，笑着问他，她能赐予他什么恩惠。几乎想都没有想，他就回答道：‘口袋！在脸上的大口袋！’

“大自然母亲惊讶地看着他，说道：‘给我说一下，为什么你想要口袋呢？如果你有了它们，你将用它们做什么呢？’

“于是，地鼠先生向大自然母亲解释了，他是怎样学会在地下生活的，最近他又是怎样一直尝试积累食物的，又是怎样发现那是一份做起来极为缓慢的工作的。

“大自然母亲很高兴，感觉地鼠先生已经充分抓住了机遇，但她没有说出来。‘我考虑一下吧。’她说道，然后便离开了。但是紧接着，当地鼠先生用手擦一边的脸颊时，他发现自己脸上有一个大大的口袋。地鼠先生赶紧摸了摸另一边脸。

“那儿也有一个大大的口袋！彼时彼刻，地鼠先生开心极了。他感觉世上没有什么事情能让他更开心的了。今天的瓜比也是这样。他在黑暗的地下高兴地工作着，也为他脸颊上的大口袋感到特别的自豪。”臭鼬吉米讲完了。

“谢谢你，吉米。非常感谢。现在我去帮你找一些胖胖的甲虫来。”彼得喊道。

第三章　老松鸡先生什么时候有了雪地靴

兔子彼得和松鸡太太是很好的朋友。事实上，他们是最要好的朋友。他们住得非常近。有时松鸡太太会来到蔷薇丛，沿着彼得的私人小路散步。然而，这种情况不经常发生。但在格林森林边缘上缠结的刺藤丛中，他们经常一起消磨时光。你知道的，他们都害怕相同的敌人，所以他们有很多话题可以一起谈论，也都乐意彼此帮助。

冬天到来了，彼得感到有点儿孤单。你瞧，他的许多鸟类朋友都飞向阳光充足、温暖舒适的南国过冬去了。另外一些朋友，如土拨鼠约翰尼、花栗鼠、青蛙老爷爷，也开始冬眠了。彼得不明白他们为什么要这样子做，但他们确实这样子做了。所以，在冰霜杰克来了之后，几乎没有人可以与他闲聊了。不过，他可以寄希望于松鸡太太。不管冰霜杰克多么厉害，或者粗犷的北风兄弟呼出来的寒冷气息多么刺骨，松鸡太太总会出现在格林森林中的某个地方，尽自己最大努力寻找食物。彼得知道，如果他想找她的话，一定能找到她。

关于松鸡太太，有一件事困扰彼得好长一段时间了。那就是她在夏天雨后湿软的泥土上留下的脚印和在雪中留下的脚印不一样。他第一次在雪中留意到这个脚印的时候，其实不知道是谁留下来的。你瞧，彼得真的是非常非常好奇，他一路跟随着这些奇怪的脚印。当他发现它们指向缠结的刺藤丛时，他真不知道是怎么回事。他坐在刺藤丛的边上，用他长长的后腿挠着他长长的耳朵。当彼得这样做的时候就表明，他正因什么事情感到非常困惑呢。

“早上好，兔子彼得。你看起来好像有心事。”从刺藤丛中传来一个声音。

彼得吃了一惊，接着他就跳进了刺藤丛里的一条小路上，那条小路是他之前开辟的。“早上好，松鸡太太。”他答道，“我确实有心事。我一直跟踪一些奇怪的脚印，但我不知道是谁留下的。”在他说话时，他指向其中的一个脚印。

“噢，”松鸡太太十分惊讶地回答道，“那是我的雪地靴留下来的，我还以为你知道呢。”

“雪地靴！雪地靴是什么样子的？”彼得问道，他看起来比之前更加困惑了。

松鸡太太非常自豪地伸出一只脚给彼得看了看。与他平时看到的瘦瘦的、光滑的脚趾不同，彼得看到每个脚趾的底部都有一串奇怪的，看起来硬硬的小圆点，这些小圆点可以用来防止脚陷入雪中。要是没有它们，松鸡太太就会陷进雪中。这些圆点让松鸡太太可以不费力地在雪上行走。

“天哪！”彼得喊道，“这太棒了！你从哪儿得到的呀？”

“噢，”松鸡太太骄傲地回答道，“它们存在于我们家族好多年了。它们是大自然母亲赐给我的祖先的。”

“给我讲讲吧！请给我讲讲吧！”彼得乞求道，自从青蛙老爷爷冬眠后，彼得还没有听过故事呢。

松鸡太太理了理她的羽毛，舒服地坐了下来。“其实也没有什么可讲的，”她开始讲起来，“但是，我们整个家族对于得到雪地靴的方式都特别引以为傲，这个故事发生在很久很久以前。”

“就像青蛙老爷爷讲的那样，在大千世界刚形成的时候吗？”彼得打断道。

松鸡太太点了点头，继续讲了起来。“在困难时期，因为缺乏食物，很多人开始残杀他们的邻居，但松鸡老祖先在那个时候却生活得非常安逸。我们就叫他松鸡先生吧。松鸡先生总能寻得充足的食物，因为他不挑食。当他无法获取他想要的食物时，他就选取自己能得到的东西，并心怀感恩之情。当他无法找到草蜢、蟋蟀或者其他虫子，或者他喜欢的栗子肉、山毛榉坚果时，不管他喜欢不喜欢，他就吃他能找到的浆果。当他找不到浆果或者种子的时候，他就吃树芽。所以不管怎样，他就这样成功地维持着生活，避开他的敌人们，因为他的聪明不亚于他们。你知道的，那个时候还没有带枪的猎人。

“所以，一直到第一场雪来临前，松鸡先生的生活还算过得去。第一场雪对所有人来说都是场磨难，对松鸡先生来说更是如此。他细长的脚趾陷进雪中，它们根本不能支撑他行走。当然他会在树上度过很多时光，但当他想要够到灌木丛中那些在冬季生长、位于低矮处的果实的时候，你瞧，他就不得不站在地面上去够它们。而且，他的脚更适合在地上走或者跑，根本不适合栖息在树上，因为长时间紧紧地抓住树枝，他的脚会很痛。我知道那是什么感觉，因为当狐狸雷迪追捕我的时候，我就不得不那样抓着树枝躲起来。

“但是，松鸡先生积极适应着这艰难的环境，没有任何怨言，他真的一个字都没说。他尽自己的最大努力在雪地里艰难穿行，但他真的是太累了。仅仅走了几步，如果不休息一下，他就无法再多迈出一步。其实困难不止这些，冰冷的雪使他的脚感到冷极了。他不得不交替着把脚缩进他的羽毛中暖和一下。

“好在松鸡先生有一双敏锐的眼睛，他知道如何运用它们。他时刻用眼观察着，以使自己远离危险。他观察着其他的小居民，不久他就发现，相对于他们的体型来说，那些有着大脚掌的居民，不会像有着又小又细的脚的居民们那样很容易就陷进雪中。生平第一次，他希望大自然母亲可以帮他一下。他希望自己有宽大的双脚。是的，朋友，他希望如此。突然他有了一个主意。或许雪不会一直都存在下去，或许它们会消失并且不再回来。那个时候他就不需要宽大的双脚了，只需要他现在拥有的这双脚就可以了。他叹了口气，并尽力给了自己一个微笑。

“‘我想，’他大声地对自己说道，因为他感觉很孤单，‘我想我需要做的是，不要为自己没有的事情发愁，要充分利用我所拥有的一切。’然后他艰难地穿过雪地，去够前面的一些浆果。

“此时，大自然母亲刚好从这儿路过，听到了松鸡先生所说的话。‘我希望每个人都像你这样想，’她说道，‘那样我就会轻松许多，但你希望拥有的是什么呢？’松鸡先生感到既高兴又羞愧，他羞愧的是，他毕竟还是有点儿不满的。刚开始，他假装一切都很好，但是踌躇了一下，他还是告诉了大自然母亲，自从下雪后他面临

的所有麻烦。她若有所思地听着，然后告诉松鸡先生要耐心点儿，也许事情没有看起来那么糟糕。不知怎么的，在那之后，松鸡先生感觉好了许多，当他去铁杉树上睡觉的时候，他都感觉有点儿高兴了。

“第二天早上，当他飞下来吃早餐的时候，他真是太惊讶了。他发现自己一点儿也没有陷进雪地里。他能够很轻松地四处走动。他也不知道这究竟是怎么回事，直到他偶然间低头看他的脚，才明白了，他看到……

“看到他有雪地靴了！”兔子彼得打断道，他高兴得跳起了舞步。

“就是这个样子的，”松鸡太太回答道，“他有了一双和我现在一模一样的雪地靴。当春天来的时候，大自然母亲就把它们带走，因为他再也不需要它们了。但是当下一个冬季来临的时候，她就会把它们还给他。她说雪地靴是对耐心的奖励。自从那以后，我们家族在冬天就拥有雪地靴了。我真的不敢想象，要是没有它们，我们该如何生活。”

“我觉得也是。”兔子彼得回答道，“大自然母亲好像知道所有人的需求，这真是太神奇了，对不对？”

话音刚落，彼得就去蔷薇丛了，他要去告诉彼得太太，关于松鸡太太的雪地靴的故事。

第四章　老豹子先生什么时候丢失了道义

兔子彼得总是很好奇。他听到他的表兄野兔跳跳告诉豪猪普利克里，说自己真是幸运，因为豹子普默害怕人类，他没有来格林森林居住，而是躲到大森林和大山上去了。一提到普默，豪猪普利克里身上的上千个小刺都竖了起来。彼得有种奇怪的感觉，这次，普利克里将自己身上的小刺竖起来并不是故意去吓别人，而是被别人吓的。豪猪普利克里颤抖着，像是恐惧时的那种颤抖。事实上，对彼得说，普利克里好像已经吓得脸都变了色。

彼得对豹子普默一点儿也不了解，他太想知道有关他的故事了。于是，他迫不及待地把跳跳拉向一边，以满足他的好奇心。他一逮到机会，就开始不停地快速发问，跳跳用双手捂住耳朵，声称他要逃跑。

“普默是谁？他住在哪儿？为什么豪猪普利克里会害怕他？他看起来长什么样子？为什么……”就在这时，跳跳双手捂住了耳朵。彼得露齿一笑。“求求你了，表兄跳跳，告诉我吧。”他乞求道。

跳跳假装思考了几分钟。因为他像大多数人一样，喜欢炫耀他的学问。此外，因为他非常喜欢他的表弟彼得，所以他告诉了他关于豹子普默的故事。

“首先，”他说道，“普默是生活在大森林里的猫科动物中最大的一员。”

“他比山猫塔夫蒂还要大吗？”彼得急切地问道。

跳跳点了点头，彼得睁大了眼睛。“他看起来很像农夫布朗家的黑猫普西。只不过他是黄棕色的而不是黑色的，并且他比黑猫普西要大很多很多倍。”跳跳继续说道，“他的尾巴长长的，就像黑猫普西一样，他的大爪子很锋利。他的脚步非常轻盈，能悄无声息地穿过森林。他像快乐的松鼠杰克一样会爬树。他是如此的强壮，以至于除了大熊巴斯特，所有人都害怕他，甚至连豪猪普利克里也害怕他。因为他非常精明和狡猾，有办法使

豪猪普利克里都无法用身上的小刺来保护他。但是，尽管他又强大又精明，他仍然是一个懦夫，因为他是一个阴险小人，所有的阴险小人都是懦夫。当然，你也知道，彼得。”

彼得点了点头。“所有人都知道，”他说道，“不过，如果他是那么的强大和精明，你为什么还要说他是一个懦夫呢？”

“我猜那就是他的天性了，他自己也拿自己没办法。”跳跳回答道，“我猜那是因为在这个世界形成之初，他的祖先坏了名声，他的家族里再没有人使名声得以恢复吧。”

“老豹子先生是怎样毁掉他的名声的？”彼得问道，心里好奇得直痒痒。

“好吧，”跳跳回答道，“所有我知道的都是从格林森林里的小居民们的窃窃私语中听到的。也许是真的，也许不是，但是大家似乎都相信是真的。正如我之前所说的，那是在这个世界刚刚形成的时候，老棕熊统治着格林森林，整个动物界一片祥和。豹子先生既时髦又英俊，举止也非常优雅。他也知道自己是这样的。他会花很多时间来洗澡和理顺自己的毛，就像黑猫普西一样。他会在太阳底下闭着眼睛躺好几个小时，想要起来的时候才睁开眼睛。不过，他总是对周围的事情了如指掌。

“看到老棕熊笨重地拖拉着身体行走，他就会卷起自己的尾巴尖，轻蔑地晃动着。他骄傲地看着自己整洁的模样，心想他将会成为一个多么帅气的首领。他越看老棕熊，这种感觉就越强烈。他开始羡慕，而后嫉妒起来，但是他把他的心思小心地隐藏起来，没让老棕熊知道。你知道，关于老棕熊，有一件事令豹子先生十分敬佩，那就是他的力量很大。他不敢和老棕熊较量。所以，每当他们遇见的时候，豹子先生都表现得十分谦恭，对老棕熊说一些恭维的话。但是背地里，豹子先生又取笑他。豹子先生的手段很狡猾，使他的邻居们以为，是他们自己发现豹子先生比老棕熊英俊多了。

“不久后，困难时期到来了，食物十分贫乏。为了不被饿死，强壮的动物开始捕食他们弱小或无助的邻居。不过，那时的法律规定，只要是填饱了肚子，任何人都不许再猎杀了。也就是那个时候，豹子先生想到了一个计划，让老棕熊的所有臣属都讨厌他。

“‘如果他们讨厌他，他们就不会再拥护他为王了。到时候，由于我力量仅次于他，再加上我更有王者风范，我就可以取代他，成为国王了。’豹子先生心里盘算着，但是他仍然没有流露出任何迹象。

“不久后，不幸的事情开始到处发生。某个家伙仅仅是出于杀戮的乐趣而大开杀戒了。那实在是太可怕了，却是事实。几乎每一天都有小居民被杀掉，但又没有被吃掉，事发现场都会有往返的脚印。而那正是老棕熊的脚印！所以，森林里的所有居民都开始讨厌老棕熊了，他们低声议论着，打算不再拥护他为王了。最终，有人去找大自然母亲，并告诉了她事情的经过。他们请求惩罚老棕熊，并重新选举首领。大自然母亲告诉他们，她要考虑一下。

“当老棕熊拖着笨重的身躯移动的时候，大自然母亲在他毫不知情的时候，悄悄地跟在他身后，‘嗯，避开他不是一件难事。那些被他捉住的家伙一定很愚蠢。’

她心想。不久，她敏锐的眼睛捕捉到，有一个模糊的影子蹑手蹑脚地跟在老棕熊身后，那是豹子先生。他小心翼翼地迈着步子，以防留下脚印。大自然母亲坐下来，观察着。她看到豹子先生跳跃着穿梭于树林中，不一会儿，他回来了，衔着一只他猎杀的野兔的尸体，然后把它丢到老棕熊的脚印旁边，那些脚印是老棕熊刚刚留在松软的泥土地上的。接着他晃动着自己的尾巴，向四下看了看，确信没有人看到他后，就跳着离开了。

“第二天，大自然母亲号召森林里的所有居民来到她面前。所有人都来了，没有人敢不来。当所有居民都到齐了，她让所有人依次直视着她，并回答他们是否在公平又体面地猎杀，是否只有在自己十分饥饿的时候才这样做。大家依次直视着大自然母亲，回答说他们确实是那样做的。轮到豹子先生了，他的尾巴紧张地摆动着，当大自然母亲问他的时候，他不敢看她。

“‘看着我，并告诉我你做到了公平体面地猎杀。’大自然母亲命令道。豹子先生知道大家都在看着他，他努力尝试着直视大自然母亲，可他做不到。你知道的，他的行为一点儿也不体面。他已经丧失了道义。没有道义的人是不敢看向别人的眼睛的，他转过身，溜走了。看到这一幕，大家都很困惑，当初自己怎么会认为他长得像国王呢?

“然后，大自然母亲给大家讲了她前一天所看到的一切，大家立刻就明白了，是谁一直在猎杀，并嫁祸于老棕熊的，他们都大喊，‘懦夫！阴险小人！懦夫！阴险小人！’直到豹子先生跑远了，听不到了，大家才停下来不再喊了。从那以后，豹子先生开始一个人生活，甚至连胆小的野兔先生他都不敢直视。他不像狼先生那样光明正大，勇敢地捕猎，他总是蹑手蹑脚地在森林里溜达着，偷袭别人。所以，森林里的所有居民都看不起他，尽管大多数居民还是害怕他的。他们称他为懦夫，并且他们还给他取了一个绰号‘阴险猫’。

“直到现在，所有的豹子都还是这样。尽管他们体型和力量都很强大，他们还是喜欢偷偷摸摸的，因为从豹子的祖先丧失了道义的那一刻起，这种天性已经植根于他们的血液中了。”跳跳讲完了。

彼得沉默了一会儿，然后他轻声说道："我又小又胆怯，但是我宁愿一直这样，也不想成为像普默那样的人，虽然强大却被人称为懦夫和阴险小人，我敢直视所有人的脸。"

第五章　老鼠先生什么时候成了一个流浪者

老鼠罗伯是格林牧场上和格林森林里的小居民之一，他是一个被放逐的家伙。你知道的，没有人想与一个被放逐的家伙有关联，没有人想与他说话。不管是谁，看到他都会假装没看到，除非是碰到老鹰家族，或者猫头鹰家族，或者鼬鼠沙道，要是他们中的一员看到他，对罗伯来说，他最好一刻都不要浪费，赶快去寻找一个安全的地方藏起来。

格林牧场上和格林森林里的小居民们都不理睬罗伯。他们躲开他，一半是因为他们害怕他，一半是因为他们瞧不起他，认为他比他们低下。罗伯一个朋友也没有，也没有一个亲戚。亲戚也为他感到羞愧，即使他们帮助了他，也不会承认他们是他的亲戚。一旦向他们提起他，他们就会岔开话题。但是，林鼠沃格和更格卢鼠邦德就很不同了，他们俩都很受欢迎。可老鼠罗伯就是那么招人厌。是的，朋友。甚至连他的亲戚们也都很讨厌他。你肯定也认为这真是太糟糕了。

兔子彼得听说过罗伯，但他从来没有见过他。直到在一个有月光的夜晚，他出于好奇心，爬进了农夫布朗的谷仓。他发现谷仓底下有一个洞，就在他想着要不要进去看看是谁在里面的时候，罗伯从里面出来了。他的外套看上去破烂不堪，脏兮兮的。他太脏了，闻起来也臭臭的。他看起来是那么凶恶，吓得彼得立刻对谷仓一点儿兴趣都没有了。他快速地逃往格林森林，能跑多快就跑多快。那天晚上剩下的时间里，他总是想着老鼠罗伯。第二天，他就赶紧去微笑池塘，去问青蛙老爷爷，罗伯是怎样成为这样一个声名狼藉的家伙的，他怎么连一个朋友都没有。

青蛙老爷爷刚刚吃完早餐，他吃了些笨绿头苍蝇，此刻心情非常好。

“咳咳！”他说道，“老鼠罗伯之所以被放逐，是

因为他太坏了。他的父亲很坏，他的爷爷也很坏，在这个世界刚形成之时，他的祖先也很坏。他们中没有一个好家伙，包括罗伯。整个牧场上和森林里的居民们都鄙视他，所以他只能生活在人类居住的地方。我听说人类和我们一样，也很讨厌他。

“话说在这个世界刚形成的时候，他的祖先和格林森林里的其他小居民生活在一起。大自然母亲给予他和其他居民一样的机会，让他安安分分地生活。有一阵他是安分守己的。但他只不过是在安分度日还比较容易时才安分。当困难时期到来的时候，你知道的，那时候食物极其贫乏。老鼠先生非常懒惰，他不想努力谋生，他发现偷邻居的东西更容易些。不管是谁的东西，不管是大块头的还是小个子的东西他都偷。他是如此的狡猾，以至于好长时间都没有人发现是他干的。

“没多久，他的邻居就感到奇怪了，老鼠先生看上去肥肥的，吃得很好的样子，但他们却从来没有见他工作过。可老鼠先生实在是太狡猾了，以至于没人在他偷窃的时候捉住过他。他说他的生活不需要太多东西，这其实是在说谎，因为他是一个十分贪婪的家伙。他已经养成了懒惰的习惯。起初，老鼠先生是太懒了，不肯工作谋生；慢慢地，他都懒得耍心机了，偷得越来越大胆，后来，他干脆随心所欲地拿那些比他小的家伙的东西。因为吃得好，他的身体很强壮，所有和他一样大小的居民都害怕他，可又拿他没办法。而那些比他强大的居民说，只要他不偷他们的，就不关他们的事。其实他一直都在偷他们的，只是从来没有被捉住过罢了。

“最后，他变得实在是太懒了，他从来不洗他的外套。他看上去总是脏兮兮的。你瞧，对他来说，连洗个脸和手他都嫌麻烦，总有食物粘在他的胡须上。小居民们都离他远远的，因为他们害怕他。大点儿的居民们也不搭理他，因为他们为他感到羞耻，羞于与他为伴。

“懒惰的老鼠先生变得更邋遢了，偷东西也变得越来越胆大妄为了。他对所有人都很放肆，他变得喜欢与人争吵。就在这个时候，比他强大的居民们发现了他的偷盗行为。

“山猫先生弄到了一周以来的第一餐食物。他留出一部分准备第二天吃。在他睡觉之前，他又去看了一眼，他发现有一些已经消失了。

“‘这真是太奇怪了，’他喃喃自语道，‘我想知道是谁胆敢到那儿偷了我的食物。’

“山猫先生躲藏到一个地方，在那儿他能看到剩下的食物。不一会儿，他感到有点儿困了。当他正在打盹儿的时候，他听到好像有什么动静。原来是老鼠先生正在偷拿他留下的食物。山猫先生愤怒地咆哮了一声，跳了出来。但是老鼠先生跑得太快了，他快速地溜进了洞里。山猫先生抓住了他的尾巴。老鼠先生往里钻，山猫先生往外拽。但是老鼠先生的尾巴很滑，山猫先生抓不住了，只拽了一手毛，几乎把尾巴上面的毛全拽光了。

“当然了，山猫先生把这件事告诉了大家。在那以后，老鼠先生就不敢在比他强大的居民面前露脸了，所以他住在洞里，但仍继续干着偷鸡摸狗的事情。最后，老棕熊召开了一次会议，决定把老鼠先生赶出格林森林，赶出格林牧场。小鼬鼠先生说，他不害怕老鼠先生，他要钻进每一个洞里，把老鼠先生赶出来。所以，小鼬鼠先生钻进一个又一个洞，最终他找到了老鼠先生。老鼠先生本想和他打一架，但是他发现小鼬鼠先生太瘦小了，跑得特别快，他根本抓不住他。所以，最后，老鼠先生被迫开始逃命。

“一旦他出现，人们无论大小老少，都来追赶他。老鼠先生往后看了一眼，吓得尖叫一声，没命地跑了起来。他躲进一个又一个洞里，但很快就被洞里的居民赶了出来，所以最后他逃离了格林森林和格林牧场，逃到了人类居住的地方。老鼠先生躲进了黑漆漆的洞里，开始偷人类的东西，就像他之前偷格林森林里的邻居的东西一样。因为人类喜欢铺张浪费，有很多食物都浪费掉了，老鼠先生找到很多食物，填饱了自己的肚子。其中有一些是别人丢下的，有一些是别人动都没有动过的。

“偶尔，他尝试着返回格林森林，但是只要被发现，就会被赶走，最后他放弃了，不再尝试回去。他比过去更邋遢了，他发现所有人都讨厌他，性情变得凶恶了。他的生活全靠偷窃，别人看见他都烦他，更别提走近他了，他脏兮兮的外套带有病菌，走到哪儿传染到哪儿。整个大千世界，他都找不到一个欢迎他的地方。

“他的孩子也和他一样，他的孩子的孩子也是如此。大自然母亲也变得非常讨厌他们。她说除非他们改邪归正，否则就把他们世世代代都放逐在外，不得返回。但是他们从来都不知悔改，所以老鼠罗伯如今也是这样流浪在外，被世界上所有的生物鄙视和厌恶。没有一个人为他说好话。直到今天，罗伯家族的尾巴几乎还是光秃秃的，以此使他们铭记，当初他们的祖先老鼠先生是怎样被赶出格林森林的。现在你满意了吧，兔子彼得？”青蛙老爷爷讲完了，他问道。

“是的，我很满意。真的很感谢您。”彼得喊道，“啊！被整个大千世界鄙视、厌恶一定很痛苦，说什么我也不会成为罗伯那样的人。”

“咳咳！我也希望你不要成为那样子。”青蛙老爷爷回答道。

第六章　麋鹿先生什么时候失去了他的角

彼得第一次见到麋鹿霍恩斯的时候，费了好大劲儿才确认自己的眼睛没出问题。事实上，彼得的双眼看起来好像确实有问题，因为它们好像要从彼得的脸上鼓出来了。如果之前有人告诉彼得，大森林中生活着如霍恩斯一样大的居民，他是绝不会相信的。但是，现在他亲眼看到了，他不得不相信了。所以彼得坐在那儿，惊讶得眼珠子都要鼓出来了，嘴巴傻傻地张得大大的，一动不动地盯着霍恩斯离去的方向。

“太大了，是不是？”

彼得抬头看向乌鸦布雷奇，布雷奇正在旁边的一棵桦树上，也在盯着霍恩斯。布雷奇低头看着彼得，开始大笑起来。“你该不会是想一口吞下他吧，彼得。”他说道。

彼得猛地一下闭上了嘴巴。

“我的天哪！可他真的是太大了！”兔子彼得喊道，“当我第一眼看到他时，我感觉自己真是太渺小了。他的角好奇怪呀！我猜那是犄角，因为它们长在他的头上，像鹿莱特富特的一样。它们太大了，我感觉它们会压得他头痛的。”

“或许是吧，这就是他每年春天都会丢掉它们，夏天的时候又长出一对新角的原因。”布雷奇回答道。

“丢掉它们！把那些巨大的犄角丢掉，并仅仅在一个夏天就长出新的来。你的意思是那些硬硬的犄角是长出来的吗？那你所说的，他在春天的时候丢掉它们又是什么意思呢？哎呀，我刚刚看见他在撞树。我想如果它们会掉的话，刚刚就被撞下来了。你不能用这样的瞎话愚弄我，布雷奇。”

“随你吧，彼得。”布雷奇回答道，“有些人永远不会相信一些事情，除非他亲眼见到。你在春天的时候好好观察一下霍恩斯，记住我告诉你的话。”在彼得开始发问前，布雷奇就展开翅膀，“呱呱呱”地叫着飞走了。

当然了，自那以后，彼得对麋鹿霍恩斯十分好奇。他实在憋不住了，特别想问问别人关于那些犄角的事情。但每次当他想起那些犄角根本不会脱落时，他就忍住了。你瞧，他不想被大家嘲笑。所以，冬天都过去了，彼得对此仍然没有任何头绪。接着春天来了，在一个永远无法忘怀的日子里，彼得蹦蹦跳跳地跑着，发现在他的前面躺着一个什么东西，他猛地停了下来，努力睁大眼睛一看，原来是一对扁平的犄角。那是什么？天哪，那正是他一直念念不忘的犄角！是的，朋友，就是它们。

即使那样，彼得仍然不敢相信那是犄角。直到他找到霍恩斯本人，亲眼看到他那大大的头上没有了犄角时，他才相信了。彼得不得不相信了。那看来是彼得所听说过的最神奇的事情了。这肯定有什么原因，如果真的有原因的话，青蛙老爷爷一定知道。所以，兔子彼得每天都会去微笑池塘，看看青蛙老爷爷有没有从漫长的冬眠中醒来。终于有一天，彼得找到他了，他迫不及待地告诉青蛙老爷爷，再次看到他，他是多么的高兴。在他问麋鹿霍恩斯的犄角的故事前，他还是要表现得礼貌些。

“咳咳！”青蛙老爷爷说道，“一大清早就问我这个问题，太不合适了。不过，因为是你，彼得，你都等了一个冬天了，我就告诉你吧。话说在这个世界刚刚形成的时候，世上的第一头麋鹿，也就是霍恩斯的祖先，是格林森林里最大的动物，但那个时候他还没有犄角，那时他真的是太丑了，大家都笑话他，取笑他。没有什么比遭到如此多的嘲笑更伤人的了。”

“我知道。”彼得插嘴道。

“麋鹿先生太伤心了，所以他经常躲起来，尽他的最大努力避开大家的视线。”青蛙老爷爷继续说道，“他尽管又大又壮，但即使遇见像臭鼬先生、松鼠先生以及你的祖先兔子先生那样小的居民，他也会掉头离开，藏起来。他没有办法忍受别人的嘲笑。大自然母亲一直都观察着他，最后她很同情他，就赐予他一对最漂亮的犄角。那对犄角太大了，比麋鹿先生小的居民都戴不了它们。

“麋鹿先生昂起头，骄傲地戴着它们四处走动，因为现在没有人再嘲笑他了。他大摇大摆地穿过大森林，即使不再是森林之王的老棕熊也恭敬地为他让路。麋鹿先生开始骄傲起来，他为自己那对漂亮的犄角而骄傲，也为自己强大的力量而骄傲。他谁也不害怕。他用他那巨大的犄角拍打着灌木丛，咆哮声响彻整个大森林。所有曾经嘲笑过他的小居民都吓得藏了起来。他宣称自己是大森林里的国王，没有人敢否认。

“所以他随心所欲地四处游荡，感觉自己已然是国王了，戴着的犄角即是王冠。在初春的一天，他遇到了大自然母亲。曾经，他会恭敬地向她鞠躬。可现在他变得如此傲慢，他不但没有避开为她让行，反而大摇大摆地昂着头继续往前走，好像没看到她一样。大自然母亲为他让了路，什么也没有说，不过，当他经过的时候，大自然母亲伸手碰了下他那大大的犄角，然后它们就掉了下来。他的自负与傲慢也随之消失了。他的一些藏在附近的邻居，看到了所发生的一切，立刻都出来看他的笑话，嘲笑他，拿他寻开心。

“麋鹿先生羞愧地低下头，快速地溜走了。正如刚开始一样，他又藏了起来。除了大自然母亲，没有人能

找到他。当大自然母亲找到他的时候，他表现得十分谦卑，所有的骄傲都化为羞愧。大自然母亲很同情他，并向他保证，他会有一对新的犄角，但犄角每年都会脱落一次，以免他忘记这次教训，又骄傲自满起来。所以，在他躲起来的期间，他的新犄角开始长了出来，并且比之前的还要大还要漂亮。麋鹿先生又出现了，他昂首阔步地走着，自豪地展示着自己的力量。他所有的邻居都向他致以最高的敬意，好像他真的是大森林的国王。

“但是，他从来没有忘记大自然母亲对他说过的话。春天一来，他就溜走，藏了起来，以免被大家看到他没有犄角时的形象。因为他内心很清楚，大自然母亲会说到做到的。果然，他大大的犄角脱落了，他耐心、谦卑地等待着新犄角长出来。他的一生都是这样，他的孩子也是这样。直到今日，他的子孙后代也是如此。当然了，霍恩斯也是如此。麋鹿家族永远都不会忘记，因自己的外貌而骄傲是最愚蠢的事。”

“完了吗？”当青蛙老爷爷停下来的时候，彼得问道。

“还不够吗？”青蛙老爷爷不耐烦地问道，“当你试图骄傲自满的时候，就想想麋鹿先生的角和发生在他身上的事吧。”

“真是太感谢您了。”彼得一边礼貌地回答，一边蹦蹦跳跳地离开了。在回蔷薇丛的半路上，他停了下来。“老麋鹿先生真是活该。”他自言自语道。不过事实也的确如此。

第七章　翠鸟先生什么时候喜欢上了地面

古灵精怪的兔子彼得，在微笑池塘下游的哈哈溪边散了会儿步。那儿很空旷，岸边有一个地方又高又陡。现在，彼得正坐在那里，往下看着。在他下面的哈哈溪，平静又清澈。彼得坐在那儿注视着它，他能看到溪底上所有的鹅卵石，在它们之间还长有一些奇怪的植物。是的，那些植物看起来非常奇怪。实际上，对彼得来说，真正令他感到奇怪的是，水底竟然有植物。不知怎的，他总觉得不大对头，除了鱼之外，还有其他生物生活在那儿。

所以，彼得坐在那儿，注视着溪水，不觉间神游起来。阳光快乐的小光束在水中形成了漂亮的光影。周围十分祥和美好，以至于彼得忘记了自己正坐在显眼的空地上，鹰雷德泰尔极可能会发现他。他就坐在那儿神游着，做着白日梦。你瞧，这些白日梦很快就要变成真的梦了。是的，朋友，它们就是梦。彼得其实正在打盹儿。他的大眼睛闭上了，睁开了，又闭上了，又睁开了，又闭上了。忽然从他的脚下传来一个既响亮又尖锐的声音，吓得他困意全无。那是一个又长又刺耳的嘎嘎声，吓得彼得差点儿灵魂都出窍了。他猛地跳了起来，好在他没有从陡峭的岸上一头栽进哈哈溪中。他感觉非常奇怪，快速地眨巴着眼睛。他看到一只蓝白灰三色相间的鸟，那只鸟儿十分英俊。他的头很大，看上去与他的身体极为不相称，这只鸟儿刚好飞过哈哈溪，他一边飞，一边发出尖锐又刺耳的叫声，就是这个叫声吓了彼得一跳。突然，他停止了飞行，悬停在哈哈溪的上方，猛地一头扎进了哈哈溪，溅起小小的水花，瞬间消失在水中。下一秒，他就又飞回空中，在他那结实的、矛状的喙中，有一个闪闪发光，银白色的东西。那是一条鱼，是鲦鱼。

“翠鸟拉特尔！”彼得大喊道。他看到他飞到一根树枝上，嘴里衔着那条鱼。他正努力把整条鱼都吞进去，看上去非常有趣。“他从哪儿来的呢？”彼得继续说道，

“好像他就是从我脚下飞出来的，但是那儿啥都没有，连根树枝都没有呀。”

彼得从岸的边缘往下探了探头，什么也没有，根本就没有什么东西可以让拉特尔坐一坐。彼得纳闷着，他翕动的小鼻子闻到一股特别难闻的气味。那是鱼的气味，这个气味好像就是从他待的那个地方的下面传过来的。他又往前探了探身子，接着他发出了一声非常滑稽的喘气声。原来仅在他下面几英寸的地方有一个洞。很明显，那个气味就是从那个洞里传出来的。

有没有可能拉特尔就是从那个洞里跑出来的呢？看上去就是那个样子的，然而彼得还是不太相信。一只鸟怎么会生活在地面的洞里呢？

“我不相信，我真的不相信！”彼得立刻大声喊道。

“你不相信什么？”有个声音问道。彼得朝下一看，原来是小水獭乔，他正从河里往上看着彼得，眼睛闪闪发亮。

“我不相信翠鸟拉特尔是从那个洞里飞出来的。不过，我也没看到他还能从哪儿出来。”彼得回答道。

小水獭乔咯咯地笑了。“尽管你不相信，但他就是从那个洞里面出来的。”他说道，“我想你也不会相信那个洞是他自己挖的吧。”

彼得眼睛睁得大大的。“我……我会相信的，如果你拿名誉担保确实是这样的话。”他慢慢地回答道。

“我拿我的名誉担保确实是这样的。”小水獭乔说道，他的眼睛比之前更闪亮了，“也许你想知道翠鸟拉特尔的祖先是怎样以地面为家的。”

彼得的眼睛快速地眨动着。“快告诉我吧，乔！噢！求求你告诉我吧！”他喊道。

小水獭乔从水里爬出来，来到彼得下面的一块岩石上，在那上面舒服地坐了下来。

“很久很久以前。”他开讲了。

“在万物刚刚形成的时候。”彼得提示道。

“是的，在世间万物刚形成的时候，”小水獭乔回答道，“话说这个世界刚形成之际，那儿生活着翠鸟家族的第一位成员。最初，翠鸟先生是一个非常孤僻的家伙，他从来不关心他的邻居。也就是说，他不太与人来往。

他也懂礼貌，不过他只关心自己的事。他最开心的时刻就是他自己独处的时刻了。当然了，他的邻居们很快就发现了这一点。他们认为他很古怪，甚至都不与他说话了。这正合翠鸟先生的意。这样一来，他别提有多满意了。他独自去捕鱼，因为当时很少有捕鱼者，他总是可以捕到很多鱼。晚上，他在一棵树上发现了一处舒服的栖木，他一度对那栖木非常满意。

“没多久，他的大多数邻居都开始建房子了。刚开始，他没太注意，但是没多久，他就发现他们过得非常开心。他开始想着也为自己建个房子，并且越来越想给自己建个房子。不过，翠鸟先生尖尖的羽冠下有个非常聪明的脑袋，他是不会草率地做某事的。所以他在溪流上方忽高忽低地飞着，看起来啥也不做，只是在捕鱼。可他的眼睛一直在观察着，其实再没有比翠鸟先生的那双眼睛更犀利的眼睛了。

“他在看他的邻居们都是在哪儿建房子的，又是怎样建房子的。他看到一些鸟儿在树上筑巢，一些在灌木丛中筑巢，还有少数在地面上筑巢。

“在所有的房子中，他发现他最喜欢啄木鸟德鲁默的房子了。‘那个家伙真有办法。’他心想，‘他在树上打了个洞，那儿又干燥又暖和，没有人能上那儿去。如果我盖房子的话，我就在这样的地方盖房子。’

“之后，翠鸟先生一直都四处观察着，直到他确认附近没有人看到他，才试着像啄木鸟德鲁默一样，在树上打洞。但是，他很快就发现有两件事不行：第一，他的喙天生就不是用来挖树洞的料；第二，他的脚爪也不够大，没有办法抓住树的一侧。翠鸟先生非常非常的失望，因为他感觉树洞是唯一适合安家的地方。他正在思考着这个问题，碰巧看到麝鼠先生在岸边挖洞。刚开始，他没有太留意，后来突然间他就想到了一个好主意。为什么不在地底下建个家呢？在大千世界中，还没有鸟儿想过要在地底下建个家呢。翠鸟先生高兴地咯咯笑了起来。然后，他就飞向哈哈溪，来到岸边陡峭的沙地上，之前他就知道这个地方。

“‘就是这儿！就是这儿了！’他喊道，‘我就在接近顶上的地方打个洞。除了在下面的人，没有人会发

现这个洞的。其他人是很难爬上这个陡峭的沙质岸壁的。’

“他直接飞向他看中的地方，用他像矛一样的大喙开始啄了起来。他没有停歇，一下又一下地啄着。他的喙虽然在啄树方面不如啄木鸟德鲁默，但是啄沙子还是可以的，不一会儿那个地方就可以放下他的脚了。这样一来他啄得越来越快，也越来越轻松了。没多大一会儿，他的整个身子就都能钻进去了。他用他的喙不住地把土啄下来，然后再用脚把它们扒出去。他非常高兴，一直乐此不疲地工作着，差点儿都忘了吃饭了。那段时间，除了吃饭之外，他都在挖洞。他每天都挖，从未间断。他挖到三到四英尺深的时候，往里拐了个弯，又继续挖了起来。当他挖到一定深度的时候，他建了个小卧室。

“最后，房子终于建好了。翠鸟先生高兴地笑了。没有谁会找到他的。他觉得他有了一个最舒适最安全的家，比啄木鸟德鲁默的家还要好。除了水貂先生，翠鸟先生觉得应该再没有其他人会发现这个洞了。不过，如果水貂先生发现了的话，也没必要害怕。因为在那样狭窄的地方，水貂先生是敌不过他那锋利的喙的。

“正如翠鸟先生所料，没有人会想到他的家在地底下。他守着这个秘密过了好长好长时间。他的保密工作做得太好了，以至于他的邻居们还以为他没有家呢，都称呼他‘无家可归的翠鸟’。从那以后翠鸟先生就把家安在了地底下。”小水獭乔讲完了。

“是不是很神奇？”当彼得看到翠鸟拉特尔一头扎进水中，捉了一条银色的鲦鱼的时候，他大声喊道，“我都不知道一只鸟儿竟然那么有智慧。”

“你不知道的多了，彼得。”小水獭乔边回答，边滑进了水里。

第八章　獾先生什么时候学会待在家里的

兔子彼得第一次见到獾迪格的时候，他还嘲笑了他呢。没错，朋友，彼得嘲笑了他，最后，他直接捧腹大笑起来。当他回到蔷薇丛的时候，他就把他看到的一切都告诉了彼得太太，事实上，他看到的只是迪格的一个小侧面，正如他后来发现的一样。

“我在格林牧场上的一个地方发现了他，那个地方我之前从来都没有去过。在我看到他之前，我差点儿踩到他身上。你应该看看我当时的那一跳。他应该庆幸我及时跳了起来，要不然，他肯定会被我踩得嗷嗷叫，我可不想看见他那世界上最难看的牙齿。然后我在较为安全的地方坐了下来，开始大笑。我控制不了自己，笑得都停不下来了。天哪，他的腿太短了，他的外套耷拉在

腿外面，他看起来好像没有腿一样。他根本就没有身材可言。他又胖又扁，看起来好像被什么又大又重的东西碾过，压扁了一样。可他怎么那么会挖洞呢？要是土拨鼠约翰尼见过他挖洞的话，他会嫉妒死的。我得再回到那儿，多了解他一下。”

“你最好待在家里，管好你自己的事儿吧。”彼得太太辛辣地回答道，“多管闲事是没有好下场的。”这话没错，彼得也知道，可他就是想去格林牧场，想去他之前遇见獾迪格的那个地方。他越看迪格，就越对他好奇。彼得对某个人越不了解，对那个人就越好奇。关于迪格，他所了解的就是：他大多数时间都在睡觉，从来没有出过远门。他挖洞挖得特别快，彼得没听说过还有谁比他挖得还快。他脾气不好。可他的所有邻居都很尊重他，连老郊狼也敬他三分，好像老郊狼十分了解他。

所有的这些都让彼得更加好奇了。所以，有一天，当老郊狼碰巧路过蔷薇丛的时候，彼得斗胆问了问他关于獾迪格的事。碰巧老郊狼那会儿心情很好，因为他刚吃了一顿美美的晚餐。所以他在蔷薇丛外边，给彼得讲了起来："迪格是我的老朋友，我劝你对他放尊重些，彼得。因为你要是不尊重他，他若给你一爪子的话，你就死定了。我是不怕和他打一架的，因为我很强大。你或许注意到了，没有人敢惹恼他。"彼得点了点头。老郊狼继续说道，"除了獾迪格，我不知道还有谁只关心自己的事，而对其他人不闻不问的。据我所知，他是世界上最宅的人了，就算是约翰尼，还会出来散会儿步呢。可迪格从来没远离过洞门。他说再没有比家更好的地方了，他无法理解其他人为什么要离开世界上最舒服的地方，即使还能回来。"

彼得太太走过来，拍了一下彼得的后背，但是彼得都没有回头看她一眼。你知道的，她总是想阻止彼得到处游荡。老郊狼继续讲着故事。

"那可不是因为迪格害怕，才不敢出去的。天哪，他才不害怕呢。除了獾迪格，我不知道还有谁比他更会照顾自己了。我猜那是因为他们家族一直都很喜欢待在家里。我听我爷爷说，迪格的爷爷和迪格一样，我爷爷听他的爷爷说，迪格的爷爷的爷爷也是这样。他们说在大千世界刚刚形成的时候，他们家族的第一位祖先，就养成了喜欢待在家里的习惯。从那以后，他的子孙后代也都和他一样。迪格很是以他的家族为荣，很是为他的祖先獾先生自豪。我对此深信不疑。老獾先生肯定比他的某些邻居聪明多了。

“你知道的，当大自然母亲刚把老獾先生放到大千世界中的时候，他感觉她对他很不公平。他的腿非常短，身子又非常扁平，以至于几乎所有人都笑话他，都拿他寻开心。他假装不在意，但是内心里他是真的很在意。没有人喜欢别人拿自己根本无法改变的事情开玩笑。獾先生仔细观察他的邻居狼先生、狐狸先生和兔子先生以及其他人，看他们是如何跑的，如何跳的，然后他就试着学他们，但是他根本学不来，因为他的腿太短了，身体又太笨拙。他一坐就是几个小时，满心羡慕着他的邻居们灵活的身姿，不停地拿自己平庸的身躯和他们的相比较。他很想知道，大自然母亲在创造他的时候，究竟是怎么想的。

“但是，老獾先生没有跟她提起过，一个字都没有说过！他从来没有告诉过别人他的想法，他从来不让他的邻居们知道他有多嫉妒他们。有一天，他从格林森林去格林牧场散步。他非常喜欢去那儿。他喜欢抬头就看见大片碧蓝的天空。他还喜欢眺望远方。当然了，在格林森林里是没有办法仰望天空和眺望的，因为视线会被树遮挡。他喜欢独处，因为他对自己的身材很是自卑。他发现，当有人走近他的时候，如果他趴下来，别人是不会发现他的。因为他的身子是如此的扁平，又软得不成形。所以，即使在开阔的格林牧场低矮的草丛里，他也很难被人看到，这是狼先生、狐狸先生和兔子先生无法做到的。这个发现使他感到很高兴，他没有那么嫉妒他的邻居们了。

“在一个令人永生难忘的日子里，雷迪·特罗尔，也就是人们口中所说的火，在格林森林里暴发。所有的小居民都在逃跑，雷迪·特罗尔紧紧跟随在他们身后。在穿过格林牧场的时候，他们遇到了老獾先生。老獾先生看到他们神色慌张地跑着，后面紧跟着雷迪·特罗尔，他害怕了。他的腿这么短，他根本无法靠跑来逃生。他该怎么办呢？他能怎么办呢？他看了看他结实的脚上的大大的爪子，突然间就有主意了。或许他能用他的爪子挖个洞，然后藏到洞里面去。这样雷迪·特罗尔就找不到他了。于是他立刻开始挖起洞来，挖出的土漫天飞扬。没一会儿，他就消失不见了。等到雷迪·特罗尔赶到的时候，他已经在地下那个很深的洞里了，几乎都感觉不到灼热。

“当一切都结束了，大地也冷却下来，他从地下出来，坐在他洞门口的那堆土上，认真地思考着。他看了看他结实的脚和长长的爪子，忽然就明白过来了，大自然母亲并没有对他不公。她给了他保护自己的方法，他绝不会用它来和他的邻居们跑步的速度和美好的外貌交换。后来，当他看到他们中有的跑得筋疲力尽，有的甚至连外套都被烧坏了，他一点儿也不嫉妒他们了。

“‘我猜，’他对自己说，‘大自然母亲把技能给了我们每一个人，但是她希望我们能够自己发现它们。我已经找到我的了，我找到了其中的一个。不管怎么说，接下来，我就要忙起来了，我要找找剩下的那些技能。

我还是直接去最美的格林牧场那边吧，雷迪·特罗尔没有去过那儿，我要在那儿给自己建所房子。再没有比家更好的地方了，在外面游荡有什么好处呢？我的腿天生不适合闲逛，那些腿长的家伙想逛就去逛吧。’

“他果然像他说的那样去做了。他不停地练习挖洞，直到他成为所有的小居民中最会挖洞的一个。他挖的洞越多，他的腿就变得越强壮结实。不久他就发现他的邻居们都很佩服他的力气，再没有人和他吵架了。因为他在家附近就能找到很多吃的东西，所以他从来不用走出家门太远。从那个时候起，他就生活得舒心又安全。他抚养他的子孙，并传授给他们同样的生活理念。如果你去问如今的迪格，他肯定也会告诉你，再没有其他的地方和家一样，他也从来不羡慕别人。不过我很高兴，不是所有人都和他一样，要不然我就很难谋生了。”老郊狼讲完了，他对着彼得太太狡黠地眨了眨眼睛。

第九章　山齿鹑怀特什么时候得到了他的名字

这不是你认识的那个山齿鹑怀特的故事，然而，我仔细考虑了一下，我还是不知道这个故事究竟算是谁的。这是第一位山齿鹑怀特的故事，就是你我以及曾经听过他的哨声的所有人认识的那位山齿鹑怀特的祖先。这个故事发生在很久很久以前，万物刚刚形成，当时这个世界还很年轻。不过，我认为这既是山齿鹑怀特的祖先的故事，也是山齿鹑怀特自己的故事。他们都叫山齿鹑怀特，我们也可以说这个故事就是我们认识的那个山齿鹑怀特的故事。好吧，我来给你讲讲这个故事，具体算谁的，你自己决定吧。

西风妈妈给我讲了这个故事，她是从兔子彼得那里听来的，而彼得是——哦，我不是很确定，但我猜他是从山齿鹑怀特那里听来的。你知道的，彼得和山齿鹑怀特既是近邻，也是非常要好的朋友。他们住得那么近，关系又那么好，所以，如果彼得那有趣的小脑袋对山齿鹑怀特的事情好奇的话，他肯定会马不停蹄地去问怀特的。反正，有人告诉了彼得这个故事，我认为就是穿着褐色外衣、会吹哨的小个子山齿鹑怀特自己告诉他的。下面就是西风妈妈给我讲的故事：

“很久很久以前，当时，万物刚刚形成，这个世界还很年轻，格林牧场是新的，格林森林是新的，微笑池塘、哈哈溪和大河也是新的。大自然母亲放到里面的大大小小的居民也是新的，他们是他们那个种群的祖先，是那个种群出现在这个世界上的第一人。那时的诸多事物与现在的都大不相同。那时的大自然母亲比现在的她忙多了，天知道，那些日子她有多忙。事实上，她比整个大千世界里其他最忙的人还要忙上百万倍。如果她不那么忙，如果她疏忽大意或者出现一点点的倦怠，恐怕整个大千世界就会乱套了，再也回不到正途了。

“在万物之初，大自然母亲仍然非常忙碌，她创造了世界万物，一旦创造出来，要继续维持总比创新容易些。因此，她让小居民们到大千世界里自食其力，尽力找到自己的一席之地，而她可以去忙其他事情。

“在这些小居民中间，有一个胖胖的，全身长满红褐色羽毛的小家伙，他就是山齿鹑先生，所有山齿鹑的祖先。像对其他人那样，大自然母亲对山齿鹑先生说：‘大千世界刚刚形成。那里肯定有一个适合你的地方，而你必须自己找到它。另外，还有你需要做的工作，这也需要你自己搞清楚是什么工作。当你真的需要帮助的时候，再来找我，否则不要来打扰我。任何被证明是无助或者无用的人都是活不久的。去吧，去证明你是否有生存的权利。’

“于是小山齿鹑先生与其他人来到大千世界尝试着找到自己的一席之地。他们中的很多人在这个过程中遇到了很多困难。相当多的人刚开始只是做他们邻居们做的事情，这当然是极其错误的。这纯粹是浪费时间，在大千世界里是行不通的。小山齿鹑先生的眼睛十分敏锐、明亮，他充分利用了它们，并且充分施展了自己的才华。

“‘我有两件事需要搞清楚，’他对自己说道，‘我不能做什么和我能做什么。我越快搞清楚我不能做什么，我就有越多的时间搞清楚我能做什么。我有翅膀，这必定意味着大自然母亲想让我飞。我很高兴可以飞，在天空中翱翔，俯瞰着大地肯定很有趣。’

“秃鹫老米斯塔赫正在高空中翱翔，他那宽大的翅膀几乎一动也不动。小山齿鹑先生观察了他很长时间，他也十分渴望这么做。终于，他跳向空中，就在那时，他有了一个发现。是的，朋友，他有了一个发现。为了留在空中，他必须拼命地扇动翅膀。当他停止扇动翅膀，像秃鹫老米斯塔赫那样展开它们时，他发现他只能向前滑翔一小段距离，然后就开始下落了。他必须保持翅膀快速地扇动，否则就会落到地上。然后，他有了另一个发现。不一会儿，他的翅膀就累得扇不动了，他也就飞不了了。

“小山齿鹑先生蹲伏在草丛里，大口大口地喘着气。他十分沮丧。‘很明显，大自然母亲并不想让我花时间在空中翱翔。’他说道。他若有所思地挠着他的小脑袋。

‘在短距离内，我可以飞得很快，’他接着对自己说，‘但也只能如此了。这肯定意味着，我只在需要的时候使用我的翅膀。在那边的一棵树上，有几只鸟儿飞来飞去。他们似乎很开心。我不妨加入他们。如果我不能在天空中翱翔，那我最好还是在树上飞来飞去吧。’

“于是，在休息了片刻后，小山齿鹑先生飞到了那棵树上，然而，他又有了一个令人沮丧的发现。无论他怎么努力，他都不能像其他鸟儿那样飞来飞去。而且，只要他在树上栖息的时间长了一点儿，他就感觉很不舒服。当他弯着脚趾抓住他坐着的那根树枝时，他的脚趾很疼。他观察了其他鸟儿，他那双明亮的眼睛很快发现，他们的脚和他的脚大不相同。他们的脚很适合抓住树枝，可以让他们舒服地待在那里。‘大自然母亲不想让我花时间在树上飞来飞去。’他伤心地说道。说完，他再一次飞到地上。

“他的脚马上感觉好多了。所有的疼痛都离它们远去了。回到地面的感觉真好。很快，他就东奔西跑起来。跑起来的感觉也很好。他感觉自己好像可以不知疲倦地跑上一整天。当他寻找食物的时候，他发现，他的脚趾不适合栖息在树上，可它们非常适合抓挠树叶和翻动泥土，这让他很容易找到散落在地里的种子。然后他还发现，当他紧贴地面蹲伏在那里的时候，他外套的颜色让其他人很难发现他。即使有敌人发现了他，他那双结实的小翅膀也可以让他像颗出膛的子弹快速脱离危险。

“就这样，他一步步地在大千世界里找到了自己的一席之地，那就是大部分时间都待在地上。不过，他记得大自然母亲说过，他还有工作要做。这让他有点儿担心。一天，他看到老蟾蜍先生在捉虫子，捉的时候还在抱怨。‘我赶不上这些讨厌的虫子，’他说道，‘当我吃饱了的时候，我要等到再次饿了才能捉虫子。可它们不用等。它们一直在吃啊吃。如果我不提供帮助的话，这里就剩不下一点儿植物了。’

“小山齿鹑先生陷入了沉思。然后他开始帮助老蟾蜍先生捉虫子，这样就让那些植物有机会生长了。小山齿鹑先生找到了要做的工作，并且全心全意地做着。他忘记了自己曾经想在空中翱翔或者在树上飞来飞去。他

在大千世界里找到了自己的立足之地，也找到了要做的工作，而且他还发现了幸福的秘密。他是如此高兴以至于他想告诉他的邻居们这件事。所以，每天早晨，在工作之前，他都飞到一棵树桩上，竭尽全力地吹着口哨。他本来说的是‘快乐，快乐，俺真快乐’，可他的邻居们以为他说的是‘怀特，怀特，山齿鹑怀特’。

“于是，他们马上都叫他山齿鹑怀特了。由于他给他们带来了明快的哨声，他们都很喜欢他。当大自然母亲过来看看事情是否一切正常的时候，她发现小山齿鹑先生是所有鸟儿中最开心最有用的。当她听到他的哨声的时候，她微笑着说道：‘我爱你，山齿鹑怀特，大家都会爱你的。’直至今日，大家仍然都很爱他。”

第十章　鼩鼱小维尼什么时候变得感恩的

在那段老原木旁边的落叶里有什么东西在移动，还是风吹动了落叶而已呢？兔子彼得使劲盯着那里，试图弄清楚。不过，无论是哪种情况，对彼得来说，都没有区别。如果有什么活的东西在那些枯叶中活动，那也是很小的东西，彼得无须害怕它。那可能是一只蠕虫，又或许是一只甲虫。很可能是只甲虫，那个地方似乎非常适合甲虫。就在此时，臭鼬吉米慢悠悠地从寂寞小路上走来了，而吉米似乎一直在寻找甲虫。彼得更加起劲地看着那里。一片树叶动了一下，另一片树叶被翻了过去。这时，一丝风都没有。枯叶也不会自己翻过来，所以那儿必定有什么活的东西。

“这一大早的，你这么起劲地盯着，看什么呢，彼

得？”臭鼬吉米一边悠然自得地走着，一边问道。

彼得露齿一笑。“我在想，”他说道，“在那边的原木下是否有些肥美的甲虫。它旁边的那些枯叶，偶尔会动动，我还不知道是什么原因。看！我刚才说什么来着？”

千真万确，有几片树叶在动。臭鼬吉米的眼睛一下子亮了。他急忙跑到老原木那里，拨开那些树叶。突然，他停了下来，然后嗅了嗅。与此同时，彼得认为，他看到什么东西冲进了那段原木中空的一端。那也许是一个幽灵，不过彼得感觉那不是。臭鼬吉米又嗅了一下，然后，他悠闲地转身背对着那段老原木，抬起了自己的鼻子，脸上满是厌弃和失望。他回到彼得身边。

小维尼，聪明又敏捷，

一眨眼的工夫，他就不见了。

吉米说道。

“噢！”彼得大叫道，“就是那个谁吗？我猜他在找甲虫呢。那小家伙如此小，我感觉一只大甲虫几乎能把他驮跑了。我的天哪！真不知道像他这么小的家伙是怎么存活下来的。田鼠丹尼和森林鼠怀特富特够小了吧，但他们和鼩鼱小维尼相比，都算是巨人了。他们想活着已经够困难的了，我感觉比他们还小的人根本活不下去。”

“你很了解小维尼吗？”吉米问道。

“不，”彼得承认道，“我只见过他几次，而且从来不会多看他一眼。”

“他就住在这里，而你每天都经过这里。”吉米说道。

“我知道，”彼得回答道，“我猜正因为他是如此的小，他可以藏在非常小的东西下面。”

吉米露齿一笑。“我同意你的看法，正因为他很小，所以可以躲过伤害。反正，他不是很好吃，我是这么听说的。”他说道。

“为什么？是因为他都不够咬一口吗？”彼得问道。

“不是的，”吉米回答道，“我其实不知道这件事，是听别人说鼩鼱不好吃，一个对自己的食物讲究的人，是不会碰一下鼩鼱的。我听说猫头鹰胡提捕食鼩鼱，但胡提不是那种对食物讲究的人。如果小维尼吃起来和他闻起来的味道一样，我是不想尝试吃他的。”

彼得忍不住哈哈大笑起来。臭鼬吉米竟然嫌弃别人的气味，这太搞笑了。

“你笑什么？”吉米疑心地问道。

“因为我想那么小的东西还能有多特别的难闻气味，我想知道他是怎么拥有那么难闻的气味的。”彼得说道。

“那是个奖励。”吉米回答道，“是他的祖先传给他的。当这个世界刚形成的时候，他的祖先，就是第一只鼩鼱，他也叫小维尼，因为他学会了感恩，并且告诉了大自然母亲。大自然母亲就把那个气味给了他。”

“这是一个故事！”彼得大叫道，“这是一个故事，你要给我讲讲，臭鼬吉米。”

“你要说请。”吉米微笑着说道。

“请，请，请，请，”彼得答道，“如果这还不够，我再多说几次。”

“我想已经可以了，因为，这毕竟也不算是一个故事。”吉米说道，然后他挠了挠自己的脑袋，好像正努力唤回自己的记忆。

“这要回溯到万物之初，当时，大自然母亲刚创造完鸟儿和别的动物，还剩了一点点材料。因为她忍受不了浪费，所以她准备用那点儿材料做个什么东西。起初，她想用它做一只非常小的老鼠。接着她改变了主意，又想用它做成一只小鼹鼠。最后，她又改变了主意，用它做了一个长得既像老鼠又像鼹鼠，但又和两者不一样的东西，然后再把生命之气吹入它的身体，把它放到大千世界里。这就是小维尼，世界上第一只鼩鼱，也是所有动物中最小的。

“有一段时间，小维尼希望自己没有被大自然母亲创造出来。他希望她不要这么节俭。如果他不够大到被别人认可，作为一个动物有什么意义呢？这就是他那一段时间的想法。有一次，老棕熊的大脚差点儿踩到他，而他的一番话严重地伤害了他的感情。老棕熊说：‘请原谅。你这么小，我还以为你是某种虫子呢。当然了，我不介意踩到虫子，但无论如何我都不想踩到你。你为什么不长大，好让我们能看到你呢？’

“‘是啊，你为什么不长大呢？’老狼先生问道，‘如果你被踩到了，请不要怪我们。’由于他这么小，甚至连地鼠先生都嘲笑他。对此，他非常愤怒。所以，有一段时间，由于他的小个头，他非常不开心。他不停地吃啊吃啊，希望那样会让他长大些。但这一切都是徒劳无功的，他仍然和之前一样小，仍然是所有四条腿的生物中最小的一个。而且，他的脾气没有改善，一点儿都没有。他的脾气很暴躁。他骂大自然母亲，因为她把他做得这么小，他几乎恨透她了。他看不到长得这么小有什么优势。

“随着时间的推移，最后，困难时期来了，这你应该有所耳闻，就是食物极其匮乏，大部分小居民都在挨饿的那个时期。那时，正如你所知道的，那些体型较大的、强壮的家伙开始捕食那些体型较小的、柔弱的家伙。起初，小维尼也陷入了恐慌当中。他感觉自己这么小，肯定没有活下去的机会了。但过了一段时间后，他有了一个发现，一个惊人的发现。在第一次意识到这个发现的时候，他大惊失色。正因为他是如此的小，他才比他过去羡慕的那些人的机会多。正因为他是如此的小，他才可以在刹那间溜走。他可以溜到一个其他所有人都进不去的洞里。地面上的一片树叶就可以把他隐藏起来。

“接着，他还发现，正因为他是如此的小，才无须多少食物就可以填饱肚子，他可以轻而易举地找到满足他需求的食物。当他的邻居们在挨饿的时候，他吃得胖胖的，感觉很舒服。那里有充足的虫子，他以它们为生。一天，他看到了大自然母亲，而她看上去很忧虑。她确实很忧虑。那时正值困难时期的中期，不管她去哪里，格林森林里和格林牧场上的小居民们都围住她，抱怨着，寻求她的帮助。小维尼想起来，由于嫌她把自己做得这么小，他所说过的所有尖酸刻薄的语言以及他曾经有过的所有充满仇恨的想法，他非常惭愧。是的，朋友，他非常惭愧。你瞧，到现在，他才意识到，他的小个头正是大自然母亲给予他的最大恩惠。

“他一有机会就马上跑到大自然母亲面前，告诉她，他对她为自己所做的这一切是多么的感恩。他非常诚实。他告诉她，他曾经的感受，以及他是怎么说了一些尖酸刻薄的话，还有现在，他明白了自己是多么幸运后，他是多么的抱歉。然后，他再次向她表示了感谢，然后转身离开了。大自然母亲把他叫了回来。在听了那么多抱怨后，她很开心能听到几句感谢的话语。

“‘小维尼，’她说道，‘因为你足够聪明，能看清这一切，而你又足够诚实，承认你曾经认为那种恩赐是一种苦难。还因为你知道感恩，而不是抱怨。因此，我给你这个麝香的气味，甚至你最饥饿的敌人闻到它也会倒胃口。这会进一步保护你，永远保护你的子孙后代。’

“就是这样，到此，故事就讲完啦。”臭鼬吉米总结道。

第十一章　老野兔先生什么时候变成了“变色龙”

对任何人来说，“变色龙”都不是个很好的名称。在某种程度上，它是指一个人叛变了。就是说，这个人本来是这一阵营的人，后来又跑到那一阵营去了。一个本该为法国而战的士兵，如果跑到德国的军营，帮助德国对抗法国，那他就是一个叛变者。你在历史书上读过的本尼迪克特·阿诺德，他就是一个叛变者。但“变色龙”的意思不总是坏的，拿野兔跳跳为例。他在夏天穿一身棕色的外套，而在冬天，他穿一身雪白的外套。所以你看，他就是变色了。但是，从他的情况来说，这并不意味着什么不好的事情。相反，这是非常有意思的好事。

你知道的，跳跳是兔子彼得的表兄。他长得很像彼得，只不过他的体型更大，后腿和耳朵更长。不过，彼得在冬天和夏天一样，都穿着一件普通的棕色外套，唯一的不同是冬天的外套厚些，也暖和些。当彼得遇到穿着雪白外套的跳跳时，我想他的心里大概会有那么一点点嫉妒吧。不管怎么说，彼得确实一直对这个问题感到很困惑，直到他从青蛙老爷爷那里了解到，跳跳是怎样有了那身漂亮的冬衣。

事情发生在6月初的一天晚上，当时彼得正蹦蹦跳跳地走在穿过格林森林里的寂寞小路上。他遇到了跳跳，他们停下来，闲聊了一会儿。自从温柔的南风妹妹扫除了积存在地上的最后一点儿冬雪后，他就没见过跳跳了。那时，跳跳的外套还是白色的。可现在，它变成棕色的了。这提醒了彼得，他还从未请跳跳给他讲讲，他是怎么更换他的外套的。冬日里，彼得的其他朋友也没人知道，因为他都问过他们了，大家都让他去找青蛙老爷爷。当然了，彼得没有这么做。因为青蛙老爷爷正在微笑池塘底下的淤泥里冬眠呢。随着春天的来临，他已经全然忘记了这件事。现在，再次见到跳跳，才又让他想了起来。

当彼得和跳跳分手后，他就蹦蹦跳跳地跑向微笑池塘了。到那儿的时候，他累得都快喘不过气来了。看到彼得，青蛙老爷爷咧着大嘴巴笑了，在彼得开口之前，青蛙老爷爷说话了。

“如果你给我捉一只笨绿头苍蝇，彼得，我就给你讲这个故事。”他说道。

足足有一分钟的时间，彼得张着嘴巴，说不出话来，他太吃惊了。“您，您怎么知道我要听什么故事？”终于，他结结巴巴地说道。

“我不知道，但是，那根本没什么区别。”青蛙老爷爷回答道，“帮我捉一只笨绿头苍蝇，不管你想听什么故事，我都给你讲。”

“但是——但是——但是我不会捉笨绿头苍蝇，”彼得大叫道，“如果我会，我会帮您捉的，但我不会，而您知道我不会。”

“你试一试总可以吧。”青蛙老爷爷生硬地说道。不过，他的眼睛里闪现出一丝不易察觉的光芒。

彼得犹豫了一下。然后，他突然闭上了嘴巴。这意味着，他已经打定主意要做什么事情了。他左顾右盼，看到有很多笨绿头苍蝇在飞来飞去。他跳起来去捉一只，没捉到，又跳起来捉另一只，还是没有捉住。这有趣的一幕把青蛙老爷爷乐得差点儿从那片绿色的大睡莲叶子上滚下来。彼得在微笑池塘的岸上这边跑，那边跳，好像疯了一样。最后，当他跳起来捉一只笨绿头苍蝇的时候，在兴奋中，他跳进了微笑池塘，但还是没有捉住那只笨绿头苍蝇。当他从水里爬出来的时候，看起来很可怜。青蛙老爷爷对他起了怜悯之心。“咳咳！”他说道，“躺到那里的太阳底下，晒干自己身上的水吧。我来给你讲故事。”

“但我还没有给您捉住一只笨绿头苍蝇呢！”彼得大声说道。

“不用了，你已经尽力了。你愿意尝试，光这一点就值得奖励了。好了，你到底想知道什么呢？”青蛙老爷爷回答道。

“我想知道我的表兄野兔跳跳，是怎么得到过冬的白色外套的。我很好奇，请您给我讲讲吧。”彼得回答。

“很久很久以前，在万物之初，”青蛙老爷爷开始讲道，“大自然母亲给了出现在这个世界上的第一只野兔一身棕色的外套。然后，把他放到大千世界里，让他独自谋生，她对其他动物也是如此。这对老野兔先生来说很容易。当然了，那时候他还不老。你瞧，那是一段美好的时光，大家都有充足的食物，从没有自相残杀的事。野兔先生很腼腆，和大多数腼腆的人一样，他喜欢独处。于是，他在格林森林里最人迹罕至的地方安了家。很长一段时间里，他都过着幸福美满的生活。

“长时间的独自生活，使得他越发胆小了，一点点不同寻常的声音都能惊得他跳起来逃跑。后来证明，这对野兔先生来说，是件好事。甚至在困难时期开始后的日子里，他都有充足的食物。困难时期，你肯定听说过的。所以，野兔先生的身体非常棒。由于饥饿，当时的很多小居民都变瘦了。有一天，山猫先生刚好游荡到格林森林里野兔先生居住的那个地方。在野兔先生看到他之前，他就看到他了。他饥饿地舔着嘴唇。‘哈！’他心想，‘我可以在这里得到一顿美餐了。’

“然后，他蹑手蹑脚地向野兔先生爬去。但是，虽然他很小心，他还是踩到了一根小树枝，树枝断了，发出啪的一声。野兔先生马上离开了，都没有停下来看看是什么发出了那个声音。那是因为，长时间的独自生活让他变得十分胆小。接着，山猫先生犯了一个错误。他大叫一声，跟在野兔先生后面，这下野兔先生意识到自己不再是安全的了。山猫先生没能捉住野兔先生。因为对他来说，野兔先生跑起来简直像飞一样，他根本追不上他。不过，他把野兔先生吓得不轻。从此以后，野兔先生更加胆小了。

“还有其他人也试图捉住他。就这样，野兔先生逐渐意识到，他必须时刻小心提防着，而他的安全主要依靠他的两样东西：长长的腿和棕色的外套。有一次，野兔先生蹲在棕色的枯叶中间，野狼先生刚好经过此地，离他非常近，他吓得一动也不敢动。但是，野狼先生径直从他身边跑过去了，没有看到他，也没有闻到他的气味。这次，他才意识到他可以依靠那身棕色的外套保护自己的安全。

“野兔先生非常聪明，从那以后，他经常耍这个花招。

当他认为自己会被看到的时候，他就逃跑。但是，当他确信自己没被看到的时候，他就一动不动地坐在原地。然而，当初雪来临的时候，野兔先生发现自己陷入了困境。当敌人靠近的时候，他不敢坐着不动了。因为他那身棕色的外套在白雪的衬托下十分显眼。当他逃跑的时候，也很容易被人看到。一天，他正蹲在一根粗大的铁杉树枝下，这根树枝上覆盖着一层厚厚的白雪，不远处狼先生的号叫声吓着了他。他吓得跳了起来。随后，他感觉那根树枝上的雪落了下来，落得他全身都是雪花。更令他沮丧的是，他看到山猫先生在离他不到两步远的地方。野兔先生习惯性地一动不动地蹲在那里。山猫先生没有看到他，他径直从他身边走过去。不一会儿，狼先生也过来了，他也直接走过去了。

“野兔先生对此感到迷惑不解。然后，他恰好瞥了一眼自己的外套。由于身上覆盖着一层白雪，他从头到脚都是白色的！原来如此，他一下子明白了。这时，一个绝妙的想法跃入他的脑海。只要他在夏天有一身棕色外套，而在冬天有一身白色外套，他就肯定能照顾好自

己。他思前想后，终于鼓起勇气，去找大自然母亲了。他告诉她，他是怎样学会在不被人看到的时候一动不动地坐着的，但是，当遍地白雪的时候，这个办法就失效了。接着，他又告诉她，在他全身被白雪覆盖的那次，山猫先生和野狼先生是怎样径直从他身边经过的。他羞怯地问大自然母亲，他是否能在冬季拥有一身白色的外套。大自然母亲说她会考虑一下。那时，已近冬末。后来，他也没有听到大自然母亲的答复。随着夏天的来临，他完全忘记了自己的请求。不过，大自然母亲并没有忘记。她密切关注着野兔先生。她看到了他是那么的胆小，以及他饥饿的邻居们是那么频繁地威胁着他的生命安全。在下一个冬天的开始，有一天，野兔先生发现自己的外套变成了白色。他看着它一天比一天白，直到变得和雪一样白。那时，他明白了，大自然母亲从没有忘记他的请求。他急忙跑去感谢她。从那时起，直到现在，野兔们都是夏天穿一身棕色的外套，而冬天则换上一身雪白的外套。”青蛙老爷爷的故事讲完了。

“噢，谢谢您，青蛙老爷爷。”彼得满足地叹了口气后，说道，“我，我希望能帮您捉一只笨绿头苍蝇。”

“你的心意我领了，彼得。”青蛙老爷爷回答道。突然，他匆匆吞下一只飞得太近的笨绿头苍蝇。

第十二章　褐雨燕先生第一次使用烟囱是什么时候

在彼得所有的鸟儿朋友和邻居中，他最喜欢观察褐雨燕苏提了。彼得为什么喜欢观察苏提呢，这有两个充分的理由。首先，苏提似乎总是兴高采烈的。而你知道的，看着别人开心，自己也会很高兴。秃鹫老米斯塔赫在高空中一圈又一圈地盘旋，那双大大的翅膀只是偶尔才挥动一下，他似乎乐在其中，燕子斯克莫也是这样。他们都喜欢从格林牧场高高的草上掠过或者在高空中优雅地旋转。然而，对彼得来说，他们两个以及其他鸟儿都不如褐雨燕的飞行有趣。他敏捷地挥动翅膀，然后滑翔上小半圈，这时，单单听到他的叫喊声就足够让你自己也有想飞的欲望。反正彼得是这么想的。

彼得喜欢观察苏提的第二个原因是，他是一种神秘的鸟儿。尽管在那个漫长的夏季，彼得每天都能看见他。你知道的，我们都喜欢神秘的事物。对彼得来说，褐雨燕给他的惊喜不断。他和其他的鸟儿不一样。首先，他看起来就不像一只鸟。他的尾巴如此短，以至于都不值得称为尾巴。他的脖子如此短，以至于头似乎和身体连成了一片。从彼得认识苏提以来，苏提连片刻都没停下来过。秃鹫老米斯塔赫会从高高的、蓝蓝的天空中飞下来，在格林牧场上的一棵枯树上坐几个小时，或者在地上散步。燕子斯克莫也会坐在树枝上，或者和一群燕子一起，聚集在农夫布朗的谷仓顶上，叽叽喳喳地叫着。但是，褐雨燕苏提总是在空中。至少，当彼得看到他的时候，他都在空中。

有时，彼得都怀疑苏提是否就在空中睡觉，正如野鸭们在水里睡觉一样。当然，他并不是真的这么认为。不过，除了在空中，彼得在其他地方从未见过他，彼得已经准备好见怪不怪了。一天，黄昏时分，彼得刚好去了农夫布朗家附近的老果园。他看到了一些事情，这让他更加困惑了。他看到褐雨燕正坐在农夫布朗家的烟囱

上。对彼得来说，苏提好像有什么事情。他正用一种奇怪的方式振动着双翅。可他没有飞向高空，而是径直坠落下来，一点点地下落，最后竟消失不见了。他掉进了那个烟囱里。彼得在那里等了很长时间，苏提都没有再出现。后来，在彼得回家的时候，他感觉自己可能永远都见不到苏提了。

但是，他确实再次看见他了。就在第二天，他看到他大叫着飞来飞去，似乎和以前一样开心。这时，彼得的好奇心驱使他去往微笑池塘，向青蛙老爷爷讨教。

“他应该知道苏提的所有事情，如果有人知道的话。”彼得心想，他急急忙忙地跑着。像往常一样，青蛙老爷爷就坐在他那片绿色的大睡莲叶子上。彼得看到青蛙老爷爷的第一眼就知道，青蛙老爷爷心情不错，所以他没有浪费时间。

“青蛙老爷爷，”彼得还没站稳脚跟，就大叫道，“昨晚，我看到了一件奇怪的事情。我知道，您是唯一一个能帮我解答这个疑问的人，因为您是我认识的人里面唯一一个无所不知的人。”

青蛙老爷爷笑容可掬地看着彼得。彼得说他无所不知，这让他很高兴。“咳咳！不是所有的事情，彼得！我并不是无所不知的。没有人是这样的。”他说道，“不过，如果我刚好知道你想了解的一些事情，我很乐意告诉你。好了，给我说说，你想知道什么？”

彼得马上讲起了自己的事情。他告诉青蛙老爷爷，他是多么的喜欢观察苏提飞行，他对苏提了解得又是多么的少。他激动地告诉青蛙老爷爷，他是怎么看到苏提掉进了烟囱里，以及第二天看到苏提活蹦乱跳地出现在他眼前时，他是多么的吃惊。他称苏提为一只燕子，因为彼得认为苏提就是一只燕子。他一直就是这么认为的。

听彼得讲完后，青蛙老爷爷尽情地笑着。等他笑够了，他抬起头看着彼得，那双突出来的眼睛闪着光。

“如果我告诉你，苏提压根儿不是燕子家族的一员，你会怎么说？”他问道。

“我会相信您。”彼得迅速回答道，“不过，我再也不敢单从一个人的长相就判断他归属于哪个家族了。”

“噢，苏提根本不是一只燕子，”青蛙老爷爷慢悠悠地说道，“他是一只褐雨燕。而褐雨燕是另一家族，并非燕子家族。而且，他没有掉进那个烟囱里。是的，伙计，他没有掉进那个烟囱里。他是飞下去的，只是因为他住在那里。现在，听好了，我来给你讲讲这个故事。”彼得可不需要第二次邀请。正如你所知道的，他最喜欢听青蛙老爷爷讲故事了。

“咳咳！”青蛙老爷爷和往常一样，在讲故事之前先呱呱叫了两声，然后，开始他的故事，“当大自然母亲第一次创造万物的时候，她创造的每只鸟儿都和其他的鸟儿有些许差异，而别的动物也各不相同。然后，她放开他们，让他们自力更生，独立生活，以此检验他们，看他们每个人是怎样发挥自己的最大潜能，充分利用自己的优势的。褐雨燕先生是苏提的祖先。起初他感觉似乎大自然母亲忘记给他什么优势了。他相貌平平，全身没有一根亮丽的羽毛。他有一条尾巴，但在他看来，还不如没有呢。他有一双小脚，但他连走路都不能。当他想休息的时候，他能做的也只是悬挂在一根树枝上而已。

不过，说到他的翅膀，他很快就发现，在这一点上，他比他的大部分邻居都要幸运。这双翅膀又长又窄，它们真的是为速度而生的。与他那些有着较宽翅膀的邻居相比，他在空中飞得更快，也更轻松。他可以不知疲倦地飞上一整天。在高空中飞来飞去时，他感到前所未有的开心。

“当然了，他也很快发现自己能捉住各种各样的飞虫。所以，在飞行的同时，他也可以轻松地填饱自己的肚子，因为他的嘴巴很宽。‘肯定是，’他心想，‘大自然母亲希望我住在空中。我希望自己能在飞行的时候睡觉，但我不能。而当我坐在树枝上的时候，我总是感觉不舒服。’

“一天，他发现自己可以做一件其他鸟儿不能做的事情。他可以通过控制自己的翅膀，让自己垂直下降而不是真的坠落。他做了大量的练习，只是为了好玩。后来有一天，他飞到了一个有很多岩石的地方的上空，他看到他的正下方有一个巨大的洞，直直地陷入地里。这让他觉得非常有趣。他想知道它里面是什么样子的。他越寻思就越想去看看。于是，有一天，在经过很多次尝试后，他利用之前发现的飞行新技巧，垂直下降到那个洞里。

“他没有下降很深，因为那里一片漆黑，他开始感觉到一丝恐惧。当他向上飞的时候，碰到了岩壁。而他也不知道自己为什么这么做，他竟然伸出两只脚，抓住岩壁，收起自己的翅膀休息了一会儿。然后，他发现，通过把自己那末端有尖椎骨的、可笑的短尾巴紧贴在岩壁上，他感觉自己这一辈子都没休息得这么舒服过。比起坐在树枝上，他更容易抓住粗糙的壁面。从那以后，他每天都开开心心地在那个洞里过夜。

“很长一段时间后，有一天，他在离家很远的地方，这时天就快黑了。他知道自己在天黑前回不到家了。他边飞边向下看着，他看到有一棵树，被风从中间刮断了，留下一段中空的树干。为什么不在这里睡觉呢？他在那上面盘旋了两三圈，然后垂直落到那里面。他很喜欢这段中空的树干。比起那个石头堆里的洞，他更喜欢这里。从此以后，他就在这段中空的树干里面安了家。

“经过一段时间以后，老鹰王带领鸟儿们去往大千世界里的一个新地方，这个新地方是大自然母亲为他们准备的避暑地。褐雨燕先生也和其他人一起去了。但是，当他到达那里的时候，他在地上没有找到一个洞，也没有找到一棵空心树。不过，他找到了其他东西。他发现了人类奇怪的家，每一家房顶上都有一个笔直、高大的东西，它看起来很像一棵空心树。只是，里面都很黑，而且它们是用某种看起来像石头的东西做成的。他没有其他的地方可以去，于是，他选择了其中一个。第二天，他又去寻找空心树，可还是没有找到，所以他还是回到了那个东西里面。那其实就是一个烟囱。就这样，日复一日，他很快就喜欢上了这个烟囱。烟囱很方便他进出，而且它的墙面也很容易抓住。在那里，他从来没有被其他人打扰过。最后，他决定在那里筑一个巢。从那时到现在，褐雨燕就住在人类房屋上的烟囱里了。当你以为苏提掉下去的时候，他只是回家过夜而已。”青蛙老爷爷的故事讲完了。

“谢谢您，”彼得长长地叹了口气，说道，“这真是个千奇百怪的世界，是不是，青蛙老爷爷？住在烟囱里这个主意真是太别出心裁了！”

第十三章　兔子彼得第一次遇到蝰蛇是什么时候

兔子彼得蹦蹦跳跳着从弯弯小路上走来。和往常一样，他漫不经心地走着。当似乎没有什么特别的理由需要他格外小心的时候，彼得那有趣的小脑袋从来不会想到"小心"这个字眼儿。和大多数人一样，他只有在自己感觉附近有危险的时候，才会小心；要是认为一切都安全的话，他就会掉以轻心。他相信若四周有危险的话，自己肯定是能看到或者听到的。和很多人一样，他还没有意识到，远离麻烦的唯一方法就是时刻防备着危险。

所以，当彼得一蹦一跳地走在弯弯小路上时，他丝毫没有想到有危险。这条路他之前已经走过上千次了，从没有发生过什么事情，所以他认为这次也一样。当他绕过一个小弯时，突然传来一个声音，吓得彼得猛地停下脚步，差点儿往后摔了过去。这个声音让彼得全身的毛都立了起来，吓得眼睛都快瞪出来了。这是一种嗞嗞声，是他曾听过的最响亮、最可怕的嗞嗞声。就在刚刚那一秒，彼得吓得一动也不敢动。在弯弯小路上，盘卷着的是蛇家族的一员，他从没有见过他。这个家伙长得真凶残，真丑陋！怪不得彼得会害怕。这条蛇有一个彼得所见过的最扁平的脑袋。他的身体又短又粗，而脖子扁平，因而显得很大。这一切都让他看起来既丑陋又危险。

彼得刚回过神来，就马上回转身，向弯弯小路上方仓皇逃去，四条腿能跑多快就跑多快。他一直看着身后，没有看前面，所以他差点儿撞到臭鼬吉米身上。事实上，如果吉米没有大叫，他肯定就撞上他了。吉米大叫："喂，小心点儿！你为什么不看着前面的路？怎么了这是，兔子彼得？"彼得被吉米吓得一下子跳到一边，好像踩到了一个什么滚烫的东西一样。然后，他才看清那是谁。"噢，吉米，"他大叫道，"你不能沿着弯弯小路走！"

"为什么不能？"臭鼬吉米问道，他盯着彼得，察觉到彼得非常害怕。

“因为，”彼得上气不接下气地说道，“下面的路中间有黑蛇先生的一个表亲。从他的长相看，我知道他和响尾蛇巴兹特一样，属于非常危险的那些品种。哎！我差点儿撞到他了。他的咝咝声足以让你的毛发立起来。他的脾气也很火暴。天哪，我可不会再靠近他了。你去哪里啊，吉米？”

“我下去会会那个可怕的家伙，”吉米扭头说道，“也许我可以教给他一些礼仪。”

“哎呀，吉米，你可要小心！”彼得恳求道，“他真的非常可怕。我感觉被他咬到是会致命的。我感觉那比被响尾蛇巴兹特咬到还要严重。如果我是你的话，我不会去的。”

“我可不像你这么胆小。”臭鼬吉米回答道。说完，他慢悠悠地沿着弯弯小路走下去了。虽然彼得不是很确定，但他认为自己听到吉米的笑声了。那就不关彼得的事了。如果吉米是因为他提醒他有危险而笑话他的话，那么就让他去吧。他肯定会被吓一跳的，那也是他活该。彼得犹豫了一下，然后隔着一段安全的距离跟在吉米身后。他想看看，当臭鼬吉米拐过那个弯，听到那个可怕的嗞嗞声时的表现。

吉米不紧不慢地走着，因为你知道的，他从不着急。他很快就消失在那个拐弯处，而彼得立即听到了那个可怕的嗞嗞声。他希望看到吉米惊慌失措地跑回来。他已经做好了准备，要为吉米之前假装如此勇敢而好好地嘲笑他一番。但是，吉米没有回来。彼得又一次听到了那愤怒的嗞嗞声，他感觉自己的毛发都竖了起来。接着，什么声音都没有了，四周一片寂静。

彼得耐着性子等了一会儿，但他心里充满了好奇。他慢慢地，小心翼翼地，踮着脚尖向前走去，他绕过那个弯，直到可以看到发生的一切的地方停下来。眼前的一幕让他目瞪口呆。那里坐着臭鼬吉米，正低头看着伸展在他脚下的什么东西。正是那条可怕的蛇，他躺在地上，似乎已经死翘翘了。吉米伸出手，戳了他一下，但蛇先生没有动。吉米又戳了他几下，他仍然一动不动。

“噢，吉米，你怎么敢杀他？”彼得大叫道。

吉米回头看了彼得一眼，接着露齿一笑。“跟我来，我给你讲个故事。”他说道。

彼得犹豫了一下，但他很想听那个故事，于是跟着吉米沿着弯弯小路走去。尽管他知道害怕一个已经死掉的东西既可笑又愚蠢，但他还是尽力绕过蛇先生的身体，没有离他太近。吉米并没有走远。他坐在那里等着彼得来与他会合。从他们坐着的那个地方，可以看到平躺在弯弯小路上的蛇先生的身体。不知怎么的，也许由于他死了，蛇先生看起来不再那么凶残恐怖了。确切地说，他看起来没有活着的时候那么大了。彼得扭过头仅有一秒的时间，等他再回头看蛇先生的时候，他感觉他的眼睛肯定是在捉弄自己。因为现在，蛇先生的腹部朝下，而不是背部朝下了。

彼得张嘴准备说些什么，但吉米示意他保持安静。于是，彼得没有说话，只是看着蛇先生时的那对眼珠子都快瞪出来了。很快，他看到蛇先生的头一下子抬高了一点儿，然后左右摇摆着动了动，好像在看道路是否畅通似的。蛇先生开始慢慢地向前滑行了。然后，好像很满意没有人在看他似的，他加快了速度，好像急着要离开那里。一会儿工夫，他就消失不见了。

彼得吞咽了两三次，好像他在努力吞下那个事实似的，然后转身盯着臭鼬吉米。吉米马上哈哈大笑起来，因为彼得的样子看起来太有趣了。

“你……你没有杀死他。”彼得喘着气说道。

“没有啊，”吉米回答道，“在你看到他躺在那里，我戳他之前，我根本没碰他一下。”

彼得看起来很困惑。“那他是和负鼠比利叔叔一样在装死吗？”

吉米点点头。“你猜对了。”他回答道。

“但他为什么那样做呢？”彼得追问，他脸上那种困惑的表情逗得吉米忍不住又笑了起来。

“因为他害怕了，所以试图骗我，让我以为他死了，那样的话我就不会管他了。”吉米回答道。

“害怕！那个家伙会害怕！”彼得用一种怀疑的腔调大叫道，“哎呀，我的天哪！当我第一次见到他的时候，我感觉他是我所见过的看起来最凶残、最危险的家伙。”

吉米又哈哈大笑起来。“都是由于他的长相，彼得。”

他说道，“是的，朋友，他只是长相凶残。其实，他是这个世界上最无害、最温和的人之一。就像他吓唬你一样，他也试图吓唬我，而当他发现那根本没用时，他就尝试其他办法，比如装死。除了蟾蜍老先生，这个世界上其他所有人都没有理由害怕他。他的凶残是伪装出来的，他叫蝰蛇。很奇怪你之前竟然从没有见过他。我相信有些人叫他猪鼻蛇。我总是很喜欢遇到他，只是为了看他试图吓到我，随后他发现不能吓到我，我就假装要和他打一架来吓唬他，他马上就翻身躺下装死。我猜他现在正在偷笑呢，因为他认为他骗过我们了。下一次你遇到他的时候，你只需表现出你知道他是无害的，就会看到他有多快收起他那丑陋危险的伪装。他这个骗人的伎俩是从他爸爸那儿学来的，而他爸爸是从他爷爷那儿学来的，这样就回溯到很久很久以前。如果现在我有时间，我就给你讲讲这个故事了，但我没有。”

“那么，你改天给我讲啊。”彼得说道，“不然，在你给我讲之前，我让你不得安宁。”

第十四章 森林鼠先生什么时候向鸟儿们学习的

兔子彼得永远也不会忘记他第一次见到森林鼠怀特富特的情景，当时，怀特富特从一丛灌木上的一个巢里突然跳了出来，那个巢离彼得的头顶有几英尺高。彼得没有因看到怀特富特而惊奇，令他大吃一惊的是，他发现那个巢竟然是怀特富特自己的。彼得经常看到那个巢。它就在格林森林边缘的一丛灌木上，彼得最喜欢的一条小径就经过那里。他一直以为它是他的一位鸟儿朋友的。他看到过很多这样的巢，至少他认为是这样。那是因为他没有特别关注过这个巢，他从不好好利用自己的眼睛。如果彼得仔细观察它的话，他也许就会发现，这个巢虽然很像他见过的其他巢，但终究是不同的。不同点在于它有一个屋顶。是的，朋友们，这个特别的巢有一个屋顶。

而且它还有一个出入口，一个非常小的出入口。这个出入口是在巢下面的。对一只鸟儿来说，在巢下面挖一个出入口是很奇怪的。他所熟悉的鸟儿中没有在自己的巢上加一个屋顶的。这一切表明，人们在看事物的时候，是多么容易不仔细观察它们啊。

彼得在傍晚时分刚好经过那条特别的小径，他看到森林鼠怀特富特从那个巢里跳了出来。

“你好！”彼得喊叫道，“你在那上面干什么呢？你在那个巢里有什么事情？你是在偷鸟蛋吗？”

“不，我没有偷鸟蛋，”怀特富特愤怒地反驳道，“如果我无权待在这个巢里，我倒想知道谁有。这是我的巢！谁比我更有权利在里面？”

“你的巢！”彼得大声喊道，“哎呀，我的天哪！我以为你住在一个树洞里，或者一段中空的原木里，或者在地上或其他诸如此类的洞里。你是从什么时候开始学会像只鸟儿一样筑巢的？还有，是谁教给你的？”

怀特富特从彼得说话的语气得知，彼得不相信他所说的每一个字。他直直地盯着彼得，彼得肯定感觉得到那双柔和的黑色大眼睛里流露出一丝愤怒的神情。“我不管你信不信，反正，这就是我的巢，是我筑就的。”他生气地说道。“至少是我筑了这个巢。”他又加了一句。因为怀特富特非常诚实。“冬季，我住在一个树洞里，或者一段中空的原木里，或者在地上的洞里，哪里舒服我就住在哪里。但在炎热的天气，我有一个避暑的家，很久很久以前，我的祖先就学会筑造这样的巢了。从我的祖先掌握了这个秘密到现在，它一直在我的家族流传着。”

彼得的长耳朵由于兴奋和好奇直直地立了起来。“给我讲讲这个故事吧！”他恳求道，“告诉我你的祖先是怎么学会像鸟儿一样筑巢的。请告诉我吧，怀特富特。”

怀特富特坐了起来，优雅地舔着他那漂亮的小白手。“我不太想讲。”他慢悠悠地回答道，“我说这个巢是我的，你不相信。所以我认为你肯定也不相信我的祖先的故事。我可不想给不相信我的人讲故事。”

“但我会相信的！”彼得大叫道，“如果你说的是真的，我会相信每一个字的。请给我讲这个故事吧，怀

特富特，噢，求求你了，给我讲吧。”彼得诚挚地说道，“起初，你说那个巢是你的，我不相信你，对此我很抱歉。但我现在相信了，求求你，求求你给我讲这个故事。”

怀特富特的黑眼睛闪烁着。他喜欢被人恳求讲故事的那种感觉。你知道的，他是一个小不点儿，他的那些大邻居，除非想捉住他，否则很少有人会关注他。有些人一旦捉到怀特富特，就会高兴地吞下他。所以，作为这样一个小家伙，当彼得恳求他讲故事的时候，他感觉自己很重要，虚荣心得到了满足。他爬到一棵树的树杈上，就在彼得的头顶上方不远处，在那个位置他可以提防危险。他靠在树干上，让自己处于一个舒服的位置，仔细地梳理着自己的毛发，因为怀特富特非常在意自己的形象，然后，开始了他的故事。

“从这个世界刚刚形成的时候到现在，在格林森林里和格林牧场上的小居民们中间，老鼠总是最小的。正因为此，他们如果想生存下来，就必须依靠自己的智慧。我听人说，在这个世界刚形成初期，并不是这样的。因为那时候有充足的食物，那些强大的没有理由去猎杀那些弱小的。但是，随着困难时期的来临，饥饿导致了一系列可怕的事情发生。所有的老鼠家族都发现，他们一直处于危险中，正如他们现在的处境一样。

“我的祖先，就是出现在这个世界上的第一只森林鼠，选择在格林森林里安了家。而他的表亲田鼠先生则选择了格林牧场。他之所以选择格林森林，是因为那里总是很美丽，而且在树根间和树上有很多藏身处。他非常小，就像我一样，他还非常聪明。”

“就像你一样？”彼得眨了眨眼睛，问道。

“我没那样说！”怀特富特生气地反驳道，“尽管我足够聪明，能逃离狐狸雷迪、猫头鹰胡提以及其他想捕食我的人的魔爪，但我从未说过自己非常聪明。不过，我的祖先森林鼠先生真的非常聪明。在格林森林里，他为自己准备了藏身处，一些在地上，一些在树上的洞里，一些在中空的树桩和原木里。有一段时间，他感觉自己既安全又舒适。后来，困难时期来临了，食物极其匮乏，他的那些大邻居，比如山猫先生、狐狸先生、狼先生、猫头鹰先生、老鹰先生，甚至老棕熊先生都出来了，他们不分昼夜地四处搜寻像他这样的小居民。即使是那时，他仍然感觉自己很安全。你瞧，由于他的深谋远虑，他在一些藏身处为自己储存了很多种子，他有足够的食物。另外，他的那些藏身处的出入口非常小，没有人可以跟着他进到里面，所以，他感觉自己是绝对安全的。

“所以，他常常嘲笑那些捕猎他的人。有时候，他就在他们的鼻子底下，闪身躲进一个小入口里。但是，有一天，他看到老棕熊用他那硕大的爪子撕开了一段中空的树桩，他知道那只棕熊正在找他。另一天，一个偶然的机会，他碰巧看到鼬鼠先生偷偷穿过他最小的出入口中的一个，溜进了那个藏身处。这时，巨大的恐惧袭上森林鼠先生的心头。现在，他的敌人知道在哪里寻找他了，也知道怎么进到他的藏身处了；那些地方不再安全了。

“‘我必须寻找一个新的藏身处，然后让它成为一个秘密。’他心想。在后来的很多天里，他四处走动，苦心思索。一天，他正思考着这件事，刚好看到猫鹊先生在筑造一个巢穴。刹那间，他想到了一个绝妙的主意。

如果他像猫鹊先生那样在一处灌木丛上筑一个巢，没有人会想到在那里寻找他。‘如果鸟儿能筑巢，我为什么不能呢？’他心想。那一整天里，他都在观察猫鹊先生的筑巢工作，试图搞清楚那些树枝是如何放置的，以及那些结实的须根、青草和一条条的葡萄藤是如何排列的。第二天，他找到了一些离地面不太高的灌木，在那上面有一些旧的巢穴。他爬到上面，把其中一些巢拆散，想看看它们是怎么筑成的，然后又试图把它们重新组合在一起。

“‘我相信我能做到！’他一遍又一遍地大声对自己说，‘我相信我能做到！不管怎样，试试无妨。试一下不会有什么坏处。’

“他记得，在离他的住处不远的地方有一处树莓丛，那里有一个旧巢。他仔细检查了那个巢，发现它需要加固一下。他开始工作了，只有当没有人在附近窥视他的秘密的时候，他才小心翼翼地筑着。他带来了一些青草和须根，把这个巢筑得比之前还要舒适。然后，他给这个巢盖了一个屋顶。这样，天气恶劣的时候他可以安然无恙。为了进到里面去，他造了一个圆形的小入口。当一切都完工的时候，他很是以此为傲，因为他完全有自豪的理由。他在里面放了很多种子，将它作为他在夏天的家，一直住到入秋。当然，没有人会想到去这个巢里寻找他，因为它看起来就像一个鸟巢。有很多次，他偷偷露出脑袋，看到他饥饿的邻居们径直从下面走过，根本没有发现他就在附近。

“当然，他把这个他从鸟儿那儿学来的筑巢秘密教给了他的孩子们。从那时起，直到现在，这都是我们家族最珍贵的秘密。你不会告诉其他人，是吧，彼得？”他担忧地问道，就此结束了他的故事。

“不会的。”彼得说道，“我不会告诉任何人的。我当然不会了，在夏天，有这么一个空中起居室肯定很棒。”他向往地补充道。

“是的，”怀特富特回答道，“我很喜欢这个夏天的家。”说完，他爬进了他那个舒适的巢里，彼得最后看到的是，他那细长的尾巴穿过那个小小的圆形入口，消失不见了。

第十五章　蜂鸟先生什么时候有了长长的喙

我看到他在这儿，我看到他在那儿；

可现在，他不在任何地方了！

他不在那儿，他不在这儿；

然而，没有人看见他消失了。

兔子彼得本来不想让其他人听到的。不过，你如果不喜欢别人听到，就不要大声说出来。

“哈！”一个声音在彼得身后说道。彼得稍稍吃了一惊，马上扭过头，但没有看到一个人。

“哈！”那个声音又说了，“哈！你是一个诗人吗，兔子彼得？”

这时，彼得跳了一下，完全转过身来。蟾蜍老先生正在一片毛蕊花叶子下抬头看着他。

“诗人是什么？”彼得问道。

“诗人就是一个——一个——哎呀，兔子彼得，你是不是吃了什么东西钻进你的脑子了？”蟾蜍老先生看起来非常担心地问道。

“没有，”彼得回答，“它吃到我的胃里了，我吃的所有东西都进到我的胃里面了。”

“那么，你就不是一个真正的诗人。”蟾蜍老先生叹了口气，说道，“我刚才听到了你说的那一段话，有点儿担心你成诗人了呢。总而言之，我非常高兴，彼得。如果一直听你那样子讲话，我会厌倦的。顺便说一句，是谁不在这里，又不在那里，还没人看见他消失了？”

“蜂鸟赫默，”彼得急切地回答道，“你在一个地方看到他，在你张开嘴巴说话之前，他又到另一个地方去了。接着，在你摇下尾巴的这一空当里，他就不在任何地方了。我的意思是说，他消失不见了。”

“我没有尾巴，”蟾蜍老先生相当恼火地反驳道，“很久以前，我就摆脱了那个可笑的东西，这你应该很清楚，兔子彼得。”

“请原谅，蟾蜍先生，我不是针对任何人。那只是打个比方罢了，是形容赫默消失得多么快。我是想到我自己的尾巴了。”彼得说道。

“哈！”蟾蜍老先生和之前一样哼了一声，“这么说，你没有想太多。”

彼得笑了。“真没想太多，”他回答，“即使我的尾巴就这么一点儿，我还是可以摇一下它的。看！”他站了起来，摇动着他那可笑的短尾巴，直到严肃的蟾蜍老先生忍不住扑哧一声笑了起来。

“赫默就是如此奇妙的一个小家伙，”彼得急切地继续说道，“他小得可怜，和其他鸟儿不太像。我感觉自己其实并不了解他，因为他在我面前，连点头的工夫都没停留过。”

“那是真的，”蟾蜍老先生严肃地点了点头，回答道，“他不会静静地待在靠近地面的地方，但如果你碰巧找到他的家的话，你会经常看到他坐在家附近，那时他和其他鸟儿一样是坐着不动的。顺便说一句，彼得，你曾听说过他是怎么得到那个长长的喙的吗？”

“一个故事！”彼得大叫道，他跳上跳下，拍着手，“噢，蟾蜍老先生，我没有听过，我很想知道。请给我讲讲吧！”蟾蜍老先生那双美丽的眼睛闪烁着一丝光芒——你知道的，它们确实美丽。他往那片大毛蕊花叶下再退进了一点儿，这样太阳就晒不到他了。他大大的嘴巴无声地闭合了两三次，接着把他的眼球滚到后面，好像在看遥远的过去。然后，正当彼得开始以为根本没有什么故事的时候，他开始讲了，他那低沉的嗓音非常有趣，听起来好像是从下方他的喉咙和他的胃连接的地方发出来的。

“在很久很久以前。”他说道。

“我知道！要回溯到这个世界刚刚形成的时候。”彼得急切地打断他。

“哦，这么说，你知道这个故事了，是吗？”蟾蜍老先生非常生气地问道。

“对不起，真的对不起。”彼得急忙说道。

“好啦，好啦，”蟾蜍老先生嘟囔着说道，“不过，你可别再插话了。现在，我又要从头开始讲了。很久很久以前，在大自然母亲创造万物之初，她创造了各种各样的鸟儿，大的，小的，中等的。后来，她发现剩了一点儿创造那些鸟儿所使用的材料。它甚至连做一只普通鸟儿的头都不够。无论如何，不会有鸟儿需要另一个头。

“大自然母亲绝不能忍受浪费。于是，她做了一只小小鸟，让他和其他鸟儿一样完美。她给了他和其他鸟儿一样的羽毛，只不过他的羽毛非常非常细小。她给了他和其他鸟儿一样的尾巴，只是那是一条非常非常小的尾巴。她给了他和其他鸟儿一样的双脚，脚上长着和其他鸟儿一样的脚趾和爪子，只是它们非常非常小。她还给了他一个喙，只是它又小又短。因为他如此小巧完美，大自然母亲颇以他为荣，于是，她给了他一身美丽的绿色外衣。漂亮的红宝石色的脖子还没有给他，直到后来，当他证明了自己有一颗勇敢的心，并且效忠老鹰王的时候，才给了他。你记得吧。”

“我记得，”彼得说道，“当老鹰王赢得了白色王冠的时候，他得到的红宝石色的脖子。”

“当大自然母亲派小蜂鸟先生去大千世界和其他鸟儿汇合时，她告诉他，即使他很小，她对待他也不能和对待别人不一样，他必须好好照顾自己，证明他是可以存活下去的，并在大千世界找到自己的一席之地。因为，这是法则，她不能为任何人破坏这个法则，无论那个人是大还是小。

“于是，小蜂鸟先生飞快地离开她，去与其他鸟儿会合，到大千世界寻找自己的一席之地。因为他是如此的小，所以，当其他鸟儿看到他时，他们大声地取笑他，捉弄他。说实话，他们中的一些人嫉妒他拥有那身漂亮的外套，还有些人嫉妒他像箭一样的速度，因为他们中没有人可以像小蜂鸟先生飞得那样快。

“尽管他很小，他却有一颗勇敢的心，心中充满着勇气。他冲到取笑他的那些人的脸上，在他们反击之前，他已经飞走了。所以，不久以后，他们就不再去惹他了。他们仍然把他视为一个笑话，确信他是不会活很久的。小蜂鸟先生有着一个如此小的身躯，自然他的胃也小得可怜。很快，他发现自己不能吃其他鸟儿吃的食物，而必须寻找一些微小的东西。他没花多长时间就找到了一些适合自己的小虫子，尤其是在花儿周围。于是，蜂鸟先生大部分时间都在花丛中快速地飞来飞去，捉一些非常非常小的昆虫填饱他那小小的胃。

“一天，他停在一朵长筒花前，发现有很多小昆虫藏在里面的花蕊中。他尽了自己最大的努力还是够不到它们。蜂鸟先生发脾气的速度不亚于他那双敏捷的小翅膀飞行的速度。他迅速把那朵花撕成碎片。然后，他把里面的昆虫全都捉住了，在此过程中，他发现在花心处有一些香甜的汁液，比他之前尝过的所有东西都美味。从那以后，他不再浪费时间在空中寻找昆虫，而是从一朵花窜到另一朵花，把它们全都撕成碎片，吃掉那些藏在花蕊处的昆虫和甜美的汁液。

“有一天，大自然母亲出来视察。她发现到处都是撕碎的花瓣。她沮丧地摊开双手。‘我的老天爷！’她大叫道，‘我想不出谁会做这样可怕的恶作剧！’

“就在那时，她看到小蜂鸟先生正在将另一朵花撕成碎片。她严厉地将他唤到面前，而他无所畏惧地过来了。

‘你为什么将我这些美丽的花儿撕成碎片？’她问道。

“‘因为只有这样，我才能得到花蕊中的食物，而这是最适合我的食物。’小蜂鸟先生马上回答。

“大自然母亲尽力使得自己看起来非常严肃，但她的眼睛里闪烁着一丝光芒。她为这只小小鸟的那种无所畏惧的精神而暗自高兴。

“‘你说的也许是对的，但我不能任由我那些美丽的花儿被摧毁。绝不能这样！’她说道。

“她挠着脑袋沉思了几分钟。然后，她伸出手，握住小蜂鸟先生小小的喙。‘拉！’她说道。小蜂鸟先生拼命地拉着，他的喙被拉得又细又长，他的舌头也随之被拉长了。

“‘好了，’大自然母亲说道，‘我想你现在不用把我的花儿扯成碎片了。’

“小蜂鸟先生冲到离他最近的一朵长筒花前，发现自己可以轻而易举地够到那些小昆虫和香甜的汁液了。从此以后，他十分小心，不再伤害那些美丽的花儿。这就是你认识的赫默怎么有了一个长长的喙的故事。”蟾蜍老先生的故事讲完了。

“我猜这也是为什么他看起来如此热爱花儿的原因。”彼得一边低头看着蟾蜍老先生，一边若有所思地说道。

“正是如此。”蟾蜍老先生回答道，然后困倦地打了个哈欠。

第十六章　老蝙蝠先生什么时候有了翅膀

快乐的小微风们是谁，大家都知道的，他们是西风妈妈的孩子们。他们恰好和彼得一样，也喜欢听故事。事实上，每当他们猜到彼得要去找人给他讲故事的时候，他们都会设法留在彼得附近，这样他们就也能听到故事了。快乐的小微风们很喜欢青蛙老爷爷，他们会帮他把笨绿头苍蝇吹到他够得着的地方。就这样，在快乐的小微风们的帮助下，青蛙老爷爷得到了很多很多顿美味的晚餐。有一次，青蛙老爷爷在享用美味的晚餐后，承诺将会给他们讲一个故事。

快乐的小微风们可不想让青蛙老爷爷忘记那个承诺，所以，一天下午，当他们厌倦了在格林牧场上嬉戏的时候，他们就跳着舞来到了微笑池塘，停留在一片绿色的大睡莲叶子周围，青蛙老爷爷正在上面睡觉呢。他们一起喊道：

我们知道您年纪大；
我们知道您有智慧；
您所说的话，我们非常重视。
所以，讲一个古时候的故事吧，
我们听完后，也许就会走啦。

“咳咳！你们想听什么故事呢？”青蛙老爷爷醒了，他和蔼可亲地问道。

“给我们讲讲，为什么很多动物都不会飞，而蝙蝠弗雷特可以飞呢？”一个快乐的小微风大叫道。

青蛙老爷爷清了几次自己的嗓子，然后，他开始讲了。这就是他讲的故事：

“很久很久以前，那时的世界刚刚形成。老蝙蝠先生，你们大家都知道的，就是弗雷特的祖先，他住在格林森林边上的一个洞穴里。那时的老蝙蝠先生年纪还小，就和弗雷特现在的年纪差不多。那时，他还没有翅膀。是的，朋友们，老蝙蝠先生还没有翅膀呢。

“老蝙蝠先生的牙齿非常小，不适合啃咬坚硬的种子以及诸如此类的东西。所以，他主要以昆虫为生。他常常在树枝和石头下寻找它们。有时，他好不容易才找到一顿饭，因为，你知道的，格林森林里有太多人寻找昆虫了。

“老蝙蝠先生的眼睛非常小，确实非常非常小，而明亮的阳光还会伤害它们。所以，老蝙蝠先生常常在他的洞穴里待上一整天，他只在快乐的太阳公公去紫山后睡觉的时候，才出来找食物。当他出来的时候，大部分在地上爬着的虫子都被别人捉走了，再想找到它们就很难了。所以，老蝙蝠先生常常饿着肚子。

“一天黄昏，老蝙蝠先生在微光中注意到有很多虫子在飞来飞去。他坐在洞口的一块大石头上，看着它们。在他看来，似乎天空中全是虫子。不久以后，一只肥胖的家伙离老蝙蝠先生如此近，以至于老蝙蝠先生忘记自己在哪里了，他跳起来去捉那只虫子。然后，他从那块大石头上跳下去了，当然他摔得不轻，但他一点儿都不

介意，因为他捉到了那只虫子。从那以后，老蝙蝠先生醒着的大部分时间都跳着捉飞虫。

“一天夜里，他从一块非常高的石头上跳得太远太高了，重重地摔到地上，差点儿摔断气。当他刚刚缓过气来时，发现有一个人正低着头，微笑着看他。那就是大自然母亲。

“‘用这种方式得到一顿饭真是太辛苦了，是不是，蝙蝠先生？’大自然母亲问道。

“蝙蝠先生承认这非常辛苦。

“‘你喜欢飞吗？’大自然母亲问道。

“蝙蝠先生认为能飞肯定很棒，但那是根本不可能的，因为，正如你所知道的，他没有翅膀。

“大自然母亲没再说话，不过，当她离开蝙蝠先生的时候，好像有什么让她非常高兴的事情。

“第二天晚上，当蝙蝠先生醒来的时候，他都不认识自己了。是的，朋友们，他不认识自己了。他的腿比之前长很多，不能走路了。在腿中间有一种奇怪的薄皮肤。他不能奔跑了，甚至连爬都爬不利索了。

“最后，在费了九牛二虎之力后，他设法爬上了一块石头。他饥饿难耐，当一只肥胖的虫子飞过来时，他忘记了身体所有的不适，奋力地一跳。但是，他并没有和之前一样跳起来，而是从那块大石头上跌了下来。在跌下去的过程中，他伸开了自己的腿。你猜发生了什么事情？哎呀，老蝙蝠先生发现自己能飞了！

“从此以后，蝙蝠就居住在黑暗的洞穴里，而且会飞了。”青蛙老爷爷的故事讲完了。

“太精彩了！”快乐的小微风们齐声大叫道，“我们非常非常感谢您！”然后，他们进行了一场比赛，看谁先把一只笨绿头苍蝇吹到青蛙老爷爷那边。

敬请期待

格林牧场与格林森林历险记故事系列（全 20 册）

狐狸雷迪历险记

兔子彼得历险记

飞腿鹿历险记

田鼠丹尼历险记

红松鼠查特尔历险记

大熊巴斯特历险记

莫克先生历险记

河狸帕迪历险记

浣熊博比历险记

山齿鹑怀特历险记

土拨鼠约翰尼历险记

负鼠比利叔叔历险记

麝鼠杰里历险记

青蛙老爷爷历险记

松鸦塞米历险记

蟾蜍老先生历险记

小刺猬历险记

母鸭夸克历险记

臭鼬吉米历险记

秃鹫老米斯塔赫历险记

微笑池塘故事系列（全 4 册）

水貂比利

麝鼠杰里在家

小水獭乔历险记

长腿苍鹭历险记

格林森林故事系列（全4册）

鹿莱特富特　　乌鸦布雷奇

森林鼠怀特富特　　大熊巴斯特的双胞胎

格林牧场故事系列（全5册）

快乐的松鼠杰克　　兔子彼得夫人

猎犬鲍泽　　狐狸奶奶

亲爱的蔷薇丛

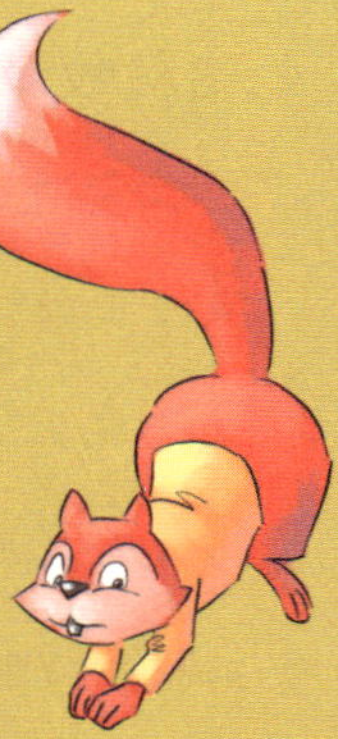

许愿石故事系列（全3册）

汤米和许愿石　　汤米实现愿望

汤米变心记

童子军故事系列（全4册）

丛林营地的童子军　　斯威夫特河上的童子军

迷失小路上的童子军　　捕兽营地的童子军

睡前童话故事系列（全5册）

圣诞驯鹿　　儿童海岸

最美最美的动物童话　　最美最美的鸟儿童话

会讲故事的房子